I0762255

Con Eterno
Affetto

LIBRI DI LUCINDA BRANT

— La saga della famiglia Roxton —

Nobile Satiro

Matrimonio di Mezzanotte

Duchessa d'Autunno

Diabolico Dair

Lady Mary

Il Figlio Del Satiro

Eternamente Vostro

Con Eterno Affetto

— I gialli di Alec Halsey —

Fidanzamento Mortale

Relazione Mortale

Pericolo Mortale

Parenti Mortali

— Serie Salt Hendon —

La Sposa di Salt Hendon

Il Ritorno di Salt Hendon

'Occhialino e penna d'oca, e via nella mia portantina—il 1700 impazza!'

Quando non mi sto facendo sballottare in giro sulla mia portantina o non sto scambiando pettegolezzi con i cortigiani profumati e imbellettati nei salotti dorati di Versailles, scrivo bestseller storici georgiani e gialli con un tocco di romanticismo. I miei libri sono ambientati nell'Inghilterra georgiana del 1700, con qualche occasionale puntata nell'Europa continentale. Mi fermo prima della Rivoluzione francese, dove ho perso una delle mie vite precedenti sulla ghigliottina a causa del mio imperdonabile stile di vita edonistico, come sfaccendata aristo!

lucindabrant.com
lucindabrant@gmail.com
facebook.com/lucindabrantbooks
twitter.com/lucindabrant
youtube.com/lucindabrantauthor
pinterest.com/lucindabrant

LETTERE DELLA FAMIGLIA ROXTON

SECONDO VOLUME

Lucinda Brant

TRADUZIONE DI MIRELLA BANFI

A Sprigleaf Book
Pubblicata da Sprigleaf Pty Ltd

Con eterno affetto: Lettere Roxton, secondo volume

Originale inglese: Forever Remain
Traduzione italiana di Mirella Banfi
Revisione a cura di Marina Calcagni
Progettazione artistica e formattazione: Sprigleaf

Disponibile come e-book, audiolibri e nelle edizioni in lingua straniera.

ISBN 978-1-925614-43-5

10 9 8 7 6 5 4 3 2 1 (i) I

per

le Gorgeous Georgian Gals di Lucinda

CONTENUTO

LE LETTERE DI 'DIABOLICO DAIR'

LE LETTERE DI 'LADY MARY'

LE LETTERE DI 'IL FIGLIO DEL SATIRO'

PREFAZIONE

È CON GRANDE PIACERE che sua grazia e io offriamo questo secondo e ultimo volume di lettere; una selezione della corrispondenza di pugno dei miei stimati antenati e delle persone importanti nella loro vita quotidiana.

Siamo stati felicissimi dell'accoglienza del primo volume da parte degli accademici, oltre due anni fa, e speriamo che questa selezione rivestirà uguale interesse e fornirà ulteriore luce sulle vite vissute durante il regno di sua maestà Re Giorgio III.

La scelta delle lettere ha privilegiato la corrispondenza che tratta della famiglia e delle faccende familiari. Poiché sono le nascite, le morti e i matrimoni che occupano l'estesa famiglia Roxton durante la seconda metà del diciottesimo secolo. Ed è quindi sulla famiglia che mio marito e io desideriamo concentrarci, portando il lettore in un viaggio nel cuore domestico del ducato, quando il sesto duca e la sua duchessa stavano posando le fondamenta di una dinastia. E questo non includeva solo crescere otto figli fino all'età adulta, ma anche gestire l'insieme di matrimoni e nascite nella famiglia estesa che avrebbe consolidato la loro posizione, e quelli della cerchia intima della loro famiglia, all'apice della loro classe a quel tempo, e che continua ad avere ramificazioni anche ai giorni nostri, mentre stiamo per entrare nel nuovo secolo.

I lettori interessati ad avere una visione delle opinioni politiche dei vari corrispondenti, sperando di leggere lettere piene di macchinazioni e manovre governative dei membri di entrambi i rami del parlamento, o carpire commenti su eventi politici e sul clima politico in questo regno e in regni lontani, rimarranno delusi, così come resteranno delusi coloro che sono alla ricerca di informazioni sulle credenze religiose e filosofiche dei membri della famiglia.

Tali argomenti potranno essere sfiorati, e senza dubbio compresi da commenti *en passant* nelle lettere che abbiamo scelto ma, in generale, lettere di natura politica o religiosa, o problematiche sono state accantonate in quanto non adatte allo scopo che cercavamo di ottenere con questa raccolta di corrispondenza. Non intendiamo scusarci per queste omissioni.

Scegliendo di proposito solo le lettere che si concentrano sulle interazioni sociali quotidiane e sui particolari domestici dei membri della famiglia, il duca e io desideriamo che il lettore tragga una miglior comprensione del vero carattere e della natura dei corrispondenti. Perché è solo attraverso l'espressione dei sentimenti e la rivelazione dei pensieri più intimi che si può veramente conoscere una persona.

Devo reiterare che questo volume e quello precedente sono pubblicati privatamente e non per il pubblico. Troveranno posto sugli scaffali di persone scelte per il loro interesse accademico nella stirpe dei Roxton che desiderano ottenere una visione più approfondita della vita e delle motivazioni dei nostri antenati.

Sua grazia e io desideriamo nuovamente ringraziare per i loro sforzi instancabili il bibliotecario di Treat, Sir Elliott Fortescue Bt. e il suo assistente, il signor Percival Mandrake e anche il professor Sir Marcus West-Hamilton e l'eminente linguista francese, il signor Auguste Martin. A questo volume ha prestato la sua preziosa erudizione il distinto diplomatico Bipin Narendra Deb, che ha generosamente tradotto la lettera scritta in hindi da sua grazia di Kinross alla figlia naturale, la signora Charles Fitzstuart, dato che sia il padre sia la figlia erano eccellenti conoscitori di quella lingua del subcontinente. Senza la dedizione di questi gentiluomini, questo volume di lettere, come il precedente, non avrebbe mai visto la luce.

Questo secondo volume è dedicato ai nostri figli: Henry, Christopher, Deborah, Evelyn e Lisa-Antonia.

Alice-Victoria Hesham
Sua Grazia la nobilissima duchessa di Roxton
Maggio, 1898

NOTA DEGLI EDITORI

Le lettere e le pagine di diario di questo secondo di due volumi seguono la stessa cronologia impostata nel primo volume. La raccolta si apre con la corrispondenza dell'inizio degli anni 70 del 1700, e con una lettera che si credeva perduta per le pagine della storia e scoperta per caso negli archivi Roxton, una delle grandi scoperte di questa pubblicazione, perché si pensa che sia l'unica lettera esistente di pugno del secondo conte di Strathsay, nipote di Re Carlo II. Il secondo capitolo contiene lettere da Kate, lady Paget, al quinto duca, scritte negli anni 60 del 1700, rilevanti per via della speciale amicizia di sua signoria con il duca e il suo particolare legame con il secondo marito di lady Mary Fitzstuart Cavendish Bryce, lo stimato mercante di lana e tessuti sir Christopher Bryce. Tra le lettere presentate nel terzo capitolo ci sono quelle scritte dal quinto duca, che si rivolgeva come genitore al suo secondo figlio quando sapeva che stava morendo eppure era deciso a lasciare dietro di sé parole di saggezza e di amore per quel giovane uomo che, com'è evidente dalla sua corrispondenza, lui amava moltissimo. Queste lettere sono l'esempio di ciò che sua grazia spiega eloquentemente nella prefazione, e che vale la pena di ripetere qui: è solo tramite l'espressione dei sentimenti e la rivelazione dei suoi pensieri più intimi che si può conoscere veramente una persona.

I lettori noteranno che certi nomi, parole, frasi e paragrafi sono stati soppressi in certe lettere e sono indicati con [*omissis*], su istruzioni delle loro grazie, che, come noi, non intendono scusarsene.

Tutte le traduzioni dal francese sono state eseguite meticolosamente dal signor Auguste Martin, e la traduzione dall'hindi da sir

Bipin Narendra Deb, G.C.I.E. Gli editori sono estremamente grati al signor Percival Mandrake per il suo instancabile lavoro di raccolta e trascrizione degli originali della varia corrispondenza, in questo volume e nel primo (correggiamo qui l'omissione dei ringraziamenti nel primo volume, con le nostre più sincere scuse).

Sir Elliot Fortescue Bt., C.B.E.
Professor Sir Marcus West-Hamilton, G.C.M.G., O.B.E.
Giugno, 1898

Nota: in tutto questo volume, dove necessario, abbiamo inserito [5°] e [6°] prima di 'duca di Roxton' per distinguere il padre dal figlio ed evitare che il lettore abbia dei dubbi su chi ci si sta riferendo.

LE LETTERE DI ‘DIABOLICO DAIR’

Diabolico Dair
Lettera 1

Il molto onorevole conte di Strathsay, Charles House, Barbados, al maggiore Lord Fitzstuart, 17° Cavalleggeri c/o Sir John Becher, Hollybrook House, Contea di Cork, Irlanda.

[*Lettera spedita mentre il maggiore era di stanza con il suo reggimento in Irlanda, poi inoltrata e da lui ricevuta mentre era in servizio attivo nelle colonie americane durante la guerra di indipendenza americana. L'aneddotica di famiglia racconta che dopo aver letto la lettera di suo padre, il maggiore avesse dato fuoco alle pagine con il suo sigaro e le avesse poi gettate nel fuoco di bivacco. Questa è quindi una copia di quella lettera, scoperta dal signor Percival Mandrake mentre catalogava gli archivi Roxton. È una scoperta sorprendente, perché è l'unica lettera di cui si conosca l'esistenza scritta di suo pugno da Theophilus Fitzstuart, secondo conte di Stratshay. Una nota manoscritta (da altri) sul retro della lettera dichiara che questa lettera è una copia spedita da lord Strathsay al sesto duca, per sicurezza, nel caso in cui suo figlio, il maggiore lord Fitzstuart, non ricevesse l'originale.*]

Agosto, 1745

Caro maggiore,

Alisdair, spero che questa lettera ti trovi bene e che ti stia godendo la vita al servizio del nostro Re. Come altri ti avranno informato, perché non ti sei preso la briga di leggere nessuna delle mie lettere, ero e sono contrario a questa carriera. Ho fatto conoscere la mia opposizione per iscritto a sua grazia di Roxton (il quinto duca, non quello attuale) nel linguaggio più forte possibile. Anche se è successo dopo aver appreso la notizia e tu eri già per strada per unirti al tuo reggimento in Irlanda. E ora mi informano che quel reggimento sta partendo per andare a combattere i ribelli traditori nelle colonie americane. Quindi permettimi di augurarti ogni bene e prego che stia al sicuro e torni vivo da questa avventura, e in un sol pezzo. Non puoi biasimarmi perché ringrazio la provvidenza di avere un altro figlio, e che Charles sia di natura più posata e che quindi non rischierà mai il collo con un gesto così ingiustificatamente folle.

Anche se ammiro il tuo desiderio di combattere per il re e la nazione contro i ribelli coloniali che hanno osato prendere le armi contro la sua sovrana maestà, avresti fatto meglio a imparare come gestire la tua eredità, sposarti presto e produrre un erede che potesse continuare dopo di te. Sai che, se ti sposassi, ti consegnerei le proprietà, e non le lascerei alla gestione dell'attuale duca di Roxton. Quell'ammirevole giovane uomo è un degno successore di suo padre. Oserei dire più degno, e non ha bisogno dell'ulteriore onere di occuparsi dei miei affari in Inghilterra, ma lo farà perché sua madre è mia nipote e perché tu sei il suo cugino più prossimo. Lui almeno sa che cosa deve al suo nome ed è pronto a caricarsi del pesante fardello di responsabilità che richiede un grande nome. Vivo nella speranza che un giorno tu farai lo stesso.

Senza dubbio sbufferai perché tuo padre vive a migliaia di miglia dalle sue responsabilità. Ma posso rammentarti che non è stato per mia scelta che sono venuto qui nei Caraibi, anche se ora resto qui di mia volontà. Ora ringrazio la provvidenza per essere finito in una piantagione di canna da zucchero lontano dall'Inghilterra. E se mi darai altri cinque minuti del tuo tempo e continuerai a leggere, vedrai che tuo padre ha effettivamente una coscienza.

Non cerco il tuo perdono, anche se mi piacerebbe averlo. E mentre Charles e Mary, con il passare del tempo, sono diventati più inclini all'indulgenza, so che tu non lo sarai. Non posso biasimarti. Non ho trattato per niente bene te, tua madre, tuo fratello e la tua cara sorella. E con la distanza e il tempo per riflettere sul mio passato, sono pronto ad ammettere che sono stato un pessimo genitore e un marito perfino peggiore. Il fallimento del mio matrimonio è stato quasi completamente colpa mia. E dato che i miei occhi, e anche il mio cuore, ora sono stati aperti a questo fatto, ti chiedo di prenderti buona cura di tua madre, e di non incolparla per la sua freddezza e mancanza di sentimenti quando si tratta dei suoi figli. Non dubito che la sua mancanza di affetto sia dovuta alla natura del vostro concepimento. Lei sopportava il letto nuziale per un senso del dovere matrimoniale e dinastico, non perché [*omissis*]. Non ha mai fatto uno sforzo per darmi o ricevere piacere, [*omissis*] non riusciva a nascondere il suo orrore [*omissis*] mi trovava repellente. Nella mia ignoranza, vergogna e rabbia, io [*omissis*] e [*omissis*] ma lei [*omissis*]. In breve, era un'esperienza degradante per entrambi [*omissis*] e io non riuscii [*omissis*] il difetto in lei non era qualcosa che fosse in grado di correggere. Non sarà mai calorosa. Manca di [*omissis*] ed è una creatura che trova quell'aspetto della vita ripugnante, e non necessario per la sua esistenza.

Un uomo più esperto avrebbe riconosciuto la sua natura per quello che era prima del matrimonio. Ma inesperto com'ero, confusi la sua freddezza per timidezza, la sua frigidità per ignoranza. Sua grazia il quinto duca di Roxton aveva cercato di avvertirmi. Avrei dovuto ascoltarlo, perché sua grazia aveva una vasta esperienza di donne e senza dubbio aveva capito, diversamente da me, che Charlotte aveva un temperamento inadatto all'intimità fisica. Ma fu proprio per il fatto che il vecchio duca avesse un passato da libertino prima di sposare mia nipote che io stupidamente ritenni il suo saggio consiglio la parola di un uomo che sdegnava tua madre perché lui stesso non la trovava fisicamente attraente. Che stupido somaro ero!

Ti starai chiedendo dove stia andando questa discussione e perché ti sto confidando particolari così intimi e concentrandomi sui miei passati peccati. È a causa della mia attuale situazione che ora mi rendo conto di non essere mai stato innamorato di tua madre, né credo che lei sia mai stata innamorata di me. Eravamo entrambi innamorati dell'idea di essere sposati, e indipendenti, e senza dubbio questo ci ha unito. Lei desiderava sfuggire a una vita in cui dipendeva da suo fratello, per sempre una zitella. Io desideravo allontanarmi dal malevolo e sfrenato egoismo di mia madre. Nessuno dei due era preparato all'intimità che il matrimonio comporta.

Ti sorprende sapere che tuo padre era altrettanto ignorante della sua sposa la sua prima notte di nozze? E quello fu il primo dei miei molti errori. Ero deciso a restare casto e tutto perché avevo una madre che era una [*omissis*]. Se fosse stata un uomo, l'avrebbero osannato definendolo un gran donnaiolo. Ma, essendo una femmina, lei sarà per sempre conosciuta come [*omissis*]. Era molto bella, lo attestano tutti i suoi ritratti e quindi non meraviglia che avesse una legione di uomini che la corteggiavano, fin da quando era molto giovane. Le mancavano la fibra morale e la capacità di giudizio per resistere alle loro [*omissis*] profferte. E una volta corrotta, divenne la corruttrice, e non si peritava di sedurre giovani uomini che le piacevano, dove e quando voleva, e senza un pensiero per le persone che vivevano sotto il suo tetto, vale a dire suo figlio. Poiché ero disgustato dal suo comportamento, ero deciso a restare un monaco fino al matrimonio.

Almeno tu non sei stupido come tuo padre, perché tu non sei un monaco, vero? Né lo sei stato dall'estate dei tuoi diciassette anni, quando te la sei spassata un po' troppo vicino a casa e hai messo incinta la figlia di un servitore. Non è questo il posto per una predica sulla tua follia giovanile. Comunque ti sorprenderà sapere che sono contento che abbia generato un figlio illegittimo, perché almeno so che ho un erede il cui seme è fertile e quindi posso aspettarmi che tu produca figli legittimi quando finalmente sposerai una donna degna del tuo nobile sangue. E con l'esperienza carnale, che spero tu continuerai a soddisfare con donne pagate per i loro servigi, e non servette vergini che stupidamente si lasciano mettere incinta, otterrai ulteriore esperienza in faccende di letto. Tu, diversamente da me, non potrai usare l'ignoranza come scusa per la tua mancata capacità di soddisfare la tua sposa a letto.

E questo mi porta a ciò che ti volevo dire. Sono un uomo molto migliore in tutti i sensi della parola da quando sono venuto a vivere qui nelle Barbados, un paradiso in terra. Il passare del tempo e la distanza da casa mi hanno dato una nuova prospettiva. E non sono solo più vecchio ma molto più saggio. Ed è il motivo per cui ti dico con sicurezza che mi sono innamorato e per la prima volta nella mia vita. Non ho mai pensato di poter trovare l'amore, o che l'amore potesse trovare me, e alla bella età di cinquantacinque anni, ma è successo. Perché ti sto scrivendo per dirtelo? Ho scritto anche a tua sorella e a tuo fratello dando loro questa notizia. Perché non tornerò in Inghilterra. Resterò qui e sarò sepolto qui quando arriverà il momento, insieme alla mia compagna, che considero una moglie. Perché è ciò che Monica Drax è per me, mia moglie e il mio amore. Monica è la figlia riconosciuta di un mercante di zucchero e della sua amante mulatta e ha recentemente dato alla luce i nostri gemelli, Barnaby e Bernadette. Nessun bambino potrebbe essere più perfetto o più amato di loro, e io sono infatuato di loro, come di lei.

Tanto vale che tu sappia, perché senza dubbio lo scopriresti in un modo o nell'altro, quindi tanto vale che lo senta da me, che Monica è più giovane di tuo fratello Charles. Eppure, a ventidue anni lei è abbastanza adulta da sapere che cosa vuole la sua testa, e anche il suo cuore. Viviamo apertamente come marito e moglie, con la benedizione della sua famiglia. È padrona in casa mia ed è trattata da tutti come se fosse in effetti mia moglie. Vorrei poterle dare il titolo ma, anche se non posso farlo, i miei servitori e gli amici la rispettano come se fosse mia moglie e si riferiscono a lei come 'milady', ed è giusto e mi rende felice.

Non intendo mancare di rispetto a te o a tua madre. Ma io sono qui, tu sei lì, e non ci incontreremo mai più. Quindi non preoccuparti. Monica e io non metteremo mai piede sul suolo inglese, né lo faranno i nostri figli, se avrò voce in capitolo, e quindi non vedo niente di male nel vivere la mia vita come se potessi far avverare i miei desideri. Se questo ti offende, così sia.

Intendo conferire a Monica e alla nostra prole, che spero numerosa, la piantagione qui nelle Barbados, gli schiavi connessi alla tenuta e metà del ricavato dallo zucchero prodotto. L'altra metà la dividerai con tuo fratello e tua sorella.

E questo mi porta a dirti che ho scritto ai miei avvocati a Londra, con le istruzioni che quando ti sposerai passino a te tutte le responsabilità e i diritti sulle mie proprietà inglesi e i redditi che ne derivano, che sono ora conservati in un fondo fiduciario da sua grazia di Roxton. Se potessi rinunciare adesso in tuo favore alla coroncina da conte e all'ermellino, lo farei volentieri. Quindi, vedi, prima ti sposerai, prima potrai avere la parte di eredità che è in mio potere concederti.

Ci sono abbastanza notizie in questa lettera da durare parecchi anni. Non ti scriverò più direttamente perché so che non mi risponderai, e quindi otterrò notizie su di te da altre fonti. Non ti mando il mio amore o i miei migliori auguri perché so che non li vuoi. Però pregherò per te e ti terrò nei miei pensieri. E firmerò come tuo padre, perché niente può togliermi questa parentela per quanto tu mi disprezzi e mi odi e desideri disconoscere il tuo stesso padre. Abbi cura di te, figlio mio.

Tuo padre,
Theophilus Strathsay

Diabolico Dair
Lettera 2

Antonia, la nobilissima duchessa di Kinross, Crecy Hall, Treat via Alston, Hampshire, all'onorevole Charlotte, contessa di Strathsay, Fitzstuart Hall via Denham, Buckinghamshire.

Crecy Hall, Hampshire
Luglio 1777

Cara zia,

Charlotte, spero che questa lettera vi trovi in salute e stato d'animo migliori di com'eravate a Pasqua. E se state ancora risentendo gli effetti di ciò di cui soffrivate allora, vi assicuro che questa lettera da me adesso, se non curerà tutti i vostri mali, vi offrirà un po' di sollievo almeno fino al matrimonio.

Matrimonio? Di chi, vi chiederete. E ve lo dirò tra un momento, ma prima devo raccontarvi il resto e com'è successo che ci sia un matrimonio. Non chiedetemi ogni piccolo particolare perché non posso darveli e, anche se li conoscessi, mi sono stati rivelati in confidenza, quindi dovrete fidarvi di me che tutto ciò che importa è l'esito, ed è che vostro figlio Alisdair sta per sposarsi.

È corretto, Charlotte. Il vostro primogenito Alisdair si sposerà e presto. E quindi ci sarà un matrimonio, qui a Treat.

Alisdair ha trovato la sua compagna, ed è un'unione di anime oltre che di cuori. Sono una coppia innamorata. Lui è veramente innamorato di lei e lei di lui, e lo dico come un dato di fatto. Dovete essere felice per lui e per entrambi loro. E anche se non credete come me nel destino, nel vero amore e nel lieto fine, dovete essere e sarete felice per vostro figlio.

Amore a parte (anche se per me è la cosa più importante in ogni unione) la scelta di vostro figlio dovrebbe esservi gradita e forse perfino farvi contenta, perché lei è socialmente una scelta molto adatta.

Aurora Talbot è la nipote di Edward, lord Shrewsbury, e *Monseigneur* e io eravamo i suoi padrini. È la figlia del figlio primogenito di Edward, che morì, insieme alla moglie, quando lei era una neonata. Rory (come preferisce essere chiamata) e suo fratello Harvel, lord Grasby, erano orfani e sono stati cresciuti da Edward. Harvel è l'erede di Edward ed è, oltre a tutto, un buon amico di Alisdair. Hanno frequentato Harrow insieme. Quindi capite che Rory ha un lignaggio più che appropriato, che perfino voi penserete degno di un futuro conte.

Se vi state scervellando chiedendovi se Rory vi è mai stata presentata, o se sia stata presente a eventi cui avete partecipato anche voi, la risposta è sì. La conoscete, ma forse, come la maggior parte delle persone, non l'avete notata perché raramente si fa avanti. È stata ospite a Treat numerose volte, in compagnia di suo nonno, anche se tende a non frequentare la società, preferendo passare il suo tempo coltivando i frutti della pianta di ananas. Quindi, vedete, è una giovane donna molto particolare e affascinante. Non ci sarebbe bisogno di parlarne, ma lo farò. Rory è bella, altrimenti Alisdair non l'avrebbe guardata due volte, vero? Ha una bellezza delicata, raffinata, non diversamente da un oggetto di porcellana finissima. Ma non lasciatevi ingannare, Charlotte, la mia figlioccia sa bene ciò che vuole, ha un intelletto acuto ed è una ragazza dolcissima e amorevole. Ama vostro figlio senza riserve ed è la sua più grande sostenitrice. Quindi non meraviglia che Alisdair si sia innamorato di lei. Vederli assieme è vedere il vero amore che sboccia davanti agli occhi.

Mio figlio ha dato la sua benedizione all'unione e questo dovrebbe farvi piacere. E sono la benedizione di Roxton e la mia tutto ciò interessa ad Alisdair. Non intende chiedere l'approvazione, o il permesso di suo padre (non gli servono né l'una né l'altro), ma gli scriverà per dovere di cortesia per informarlo del matrimonio.

Non dovete sentirvi trascurata perché non vi ha scritto lui stesso, ma ha chiesto a me di farlo. Le lettere a suo padre e a suo fratello sono tutto il tempo che ha sopportato di restare seduto per un pomeriggio, quindi ha chiesto che vi scrivessi io in modo che poteste ricevere la notizia il più presto possibile. Chiede che veniate a Treat per il matrimonio, che avverrà tra qualche settimana. Penso che mio figlio intenda scrivervi anche lui. Ha scritto anche a Mary. Si spera che porti Teddy con lei; sarebbe l'occasione giusta perché vostra nipote conosca i suoi parenti Roxton.

Oh, e in modo che possiate avere il tempo di riprendervi dal colpo, tra ora e allora, sono incinta. Non avete bisogno di dirmi che per una donna della mia età, che ha un figlio che si avvicina alla trentina, è una cosa veramente sbalorditiva. Sono d'accordo con voi. Ma Jonathon avrà un erede, ed è tutto ciò che mi interessa. Ed è cosa fatta. Quindi non c'è niente che possiate fare se non accettarlo, ed essere felice per noi.

La vostra devota nipote,
Antonia Kinross

Diabolico Dair
Lettera 3

Il signor Radcliffe Plume, Esq., Charles House, Barbados, al maggiore lord Fitzstuart, Fitzstuart Hall, Buckinghamshire e c/o sua grazia il nobilissimo duca di Roxton, Treat via Alston, Hampshire, Inghilterra.

[Un foglio allegato alla pergamena dice: "Ricevuto la vigilia del matrimonio del maggiore lord Fitzstuart, e accantonato fino al suo ritorno dalla luna di miele di un mese. Aperto in presenza di sua grazia di Roxton e sua grazia di Kinross, fine agosto 1777".]

Charles House, Barbados
Giugno 1777

Mio caro maggiore, vostra signoria!

È mio triste compito informarvi della morte di vostro padre, Theophilus James Fitzstuart, conte di Strathsay, che risiedeva nelle Barbados da circa diciassette anni.

Voi non mi conoscete, ma io conoscevo bene vostro padre. Eravamo gli azionisti di maggioranza di una Cooperativa dello zucchero, che forniva zucchero a casa, in Inghilterra. Trattavo settimanalmente, a volte quotidianamente, con sua signoria e la sua famiglia e la mia erano abbastanza intime da scambiarsi inviti a cena. Sono vedovo e mio figlio è in Inghilterra con la sua famiglia.

Mi dispiace immensamente per la vostra perdita, perché lui parlava spesso e con sentimento di vostra signoria e di vostro fratello, il signor Charles Fitzstuart, e di vostra sorella, lady Mary Cavendish.

Sua signoria e la sua famiglia sono periti quando un uragano fuori stagione di forza inimmaginabile e distruttiva ha decimato l'isola. Sono morti in migliaia e non c'è una casa che sia rimasta abitabile. Solo un'ala di questa, la grande e solida casa di vostro padre, è ancora in piedi e sta fornendo l'unico rifugio a quelli che sono rimasti in vita e a quelli che sono venuti a prestare soccorso e conforto. Tutte le navi in porto e i loro equipaggi sono perduti. La maggior parte della vita sull'isola, sia essa vegetale o animale, non c'è più. Non riesco a descrivere in modo adeguato ciò che vedo con i miei stessi occhi, è al di là della comprensione umana e sembra essere ciò a cui presumo debba assomigliare l'inferno per quelle anime là inviate per espiare i loro peccati.

Devo anche informarvi che mentre il corpo di vostro padre è stato recuperato, quelli della sua compagna, Monica Drax, e dei loro due figli, Barnaby e Bernadette Fitzstuart-Drax, sono ancora dispersi. Non abbiamo più speranze di trovarli in vita dato che sono passate già alcune settimane da quando l'uragano ha colpito. Presumiamo che loro, come altre centinaia, *nay*, migliaia di altri, siano stati spazzati in mare e siano annegati quando il mare, innalzandosi, ha travolto l'isola.

Lasciate che vi dica com'è morto vostro padre perché sono sicuro che abbiate la naturale curiosità di saperlo. Lord Strathsay è stato trovato tra le macerie di quello che era stato il suo studio. Sembra che fosse riuscito a trovare rifugio sotto la sua scrivania, ma anche quel mobile robusto è stato sollevato e portato via dai venti furiosi e vostro padre gettato in aria con esso. I venti gli hanno rotto il collo e il suo corpo è rimasto impalato nei resti di una libreria. Il chirurgo mi assicura che la morte deve essere stata quasi istantanea a causa della rottura del collo e che quindi non deve essersi reso conto del dolore né di ciò che è successo dopo al suo corpo.

Come prova della morte di vostro padre, accludo l'anello che portava sempre e che ci diceva con orgoglio essere stato donato a suo padre dal padre, sua maestà Re Carlo II, il nonno di sua signoria. È stato tolto dal suo corpo alla presenza del chirurgo della nave di sua maestà Endurance, il tenente colonnello dottor Ian McBride.

Come potete ben capire, in questo clima caldo e per assicurarsi che non ci sia diffusione di miasmi e malattie, tutti i corpi recuperati sono stati sepolti il più presto possibile. E mentre molti sono stati messi in una fossa comune, mi sono assicurato che vostro padre fosse sepolto qui, accanto alla sua casa. Una pietra tombale sarà posta sulla sua tomba a tempo debito, una volta che l'isola sarà tornata a qualche misura di normalità. Anche se quando succederà è ancora un mistero, perché ci vorranno forse anni, se non decenni, prima di poter vedere la stessa prosperità di cui abbiamo goduto negli ultimi vent'anni o più. Io intendo restare qui a Charles House, che è diventata il cuore amministrativo degli sforzi per ricostruire l'isola e aspetterò di avere notizie da vostra signoria, a tempo debito, per sapere che cosa fare delle proprietà di vostro padre, tra le quali c'è una dozzina di schiavi che sono riusciti a sopravvivere e che sono stati messi al lavoro a pulire e ricostruire quello che possiamo.

Sono stato nominato esecutore delle ultime volontà e del testamento di vostro padre, documento di cui credo lui abbia mandato una copia ai suoi avvocati a Londra e una copia a sua grazia il duca di Roxton, suo cugino, oltre alla copia in mio possesso. È quindi probabile che siate già stato informato del suo contenuto dal suo avvocato o da sua grazia, o da entrambi. Ma è mio dovere informare vostra signoria che mentre vostro padre aveva lasciato le sue proprietà sull'isola alla sua compagna e ai figli avuti da lei, se questi non si troveranno, queste proprietà, a tempo debito, diverranno vostre. Ci sono altri particolari in cui preferirei non entrare qui, e dei quali verrete a conoscenza dal suo testamento.

Vorrei invitare vostra signoria a mandare un rappresentante della comunità legale con un membro della vostra famiglia che conosceva bene vostro padre, cosicché, nel caso desideriate far esumare il corpo e assicurarvi che sia effettivamente vostro padre che abbiamo sepolto, si possa fare al più presto possibile. Mi rendo conto che c'è molto in gioco, di primaria importanza l'eredità dei suoi titoli e delle sue proprietà, e sradicare qualunque dubbio possiate avere in mente è fondamentale. Vi assicuro che i vostri rappresentanti saranno trattati con la massima cordialità e rispetto e che tutti i particolari saranno discussi e risolti nel modo più soddisfacente.

Potete stare certo che non c'è niente che vostro padre potesse fare che non abbia tentato, per assicurare la sopravvivenza sua, della sua famiglia, dei suoi dipendenti e dei suoi schiavi. E ciò mi è stato riferito da uno degli uomini a lui più devoti, il vecchio Clive, uno schiavo che era con lui fin dal suo arrivo sull'isola che aveva la sua fiducia e aveva ottenuto il suo rispetto.

Vorrei offrire le mie sincere condoglianze a voi e alla vostra famiglia per la perdita che avete sofferto. Vostro padre era un gentiluomo eccellente, che ero onorato di chiamare amico.

In attesa delle istruzioni di vostra signoria, rimango

vostro devoto servitore,
Radcliffe Plume

Diabolico Dair
Lettera 4

Jonathon, il nobilissimo duca di Kinross, Leven Castle via Kinross, Fife, Scozia, all'onorevole signora Charles Fitzstuart, 21 Rue du Peintre Lebrun, Versailles, Francia.

[*Tradotta dall'Hindi.*]

Leven Castle, Fife
Agosto 1777

Mia cara cerbiatta, ti penso ogni giorno. Mi chiedo come passi le tue giornate. Se ti sei fatta nuovi amici nel tuo paese adottivo. Charles ti riserva abbastanza del suo tempo? Ti senti sola? La signora S. si sta dimostrando un aiuto o un impedimento per una ragazza appena sposata? Come vanno le tue lezioni di lingua? Il tuo papà *Baboo* è pieno di domande. Gli mancano la tua compagnia, e i tuoi rimproveri. Ha troppo tempo per le mani e quindi i suoi pensieri sono pieni di preoccupazioni. Devi pensare che stia scivolando nella senilità. Perché dov'era questa preoccupazione quando vivevamo nel subcontinente e il tuo papà *Baboo* si allontanava settimane per volta per andare al nord, lasciandoti alle cure della tua *ayah*. C'è stata una volta, o forse due, in cui le inondazioni mi hanno impedito di tornare a casa da te per due mesi. Lo ricordi?

Non mi preoccupavo troppo allora, perché sapevo che eri con persone di cui mi fidavo, per la tua vita e la mia. E potevo sopportare quella separazione perché sapevo che ci saremmo riuniti.

Questa separazione è diversa, e sembra enorme e solitaria e per sempre.

Perdona al tuo papà *Baboo* il suo egoismo. Tu sei abbastanza saggia da sapere che la mia solitudine è aggravata dal fatto che sto vivendo una vita che non apprezzo né desidero, ma che mi sento obbligato a vivere. E non solo sono stato diviso dalla mia unica figlia, ma anche dall'amore della mia vita, e proprio all'inizio della nostra vita matrimoniale. Siamo stati davanti al parroco un giorno e quello dopo ero per strada verso questo posto gelido e decisamente pieno di spifferi che, ne sono sicuro, non è ancora stato scoperto da un cartografo.

È esattamente l'opposto del subcontinente come temperatura, fuori dal calderone bollente per essere tuffato in un aldilà gelido, e al culmine dell'estate! Anche se devo ammettere che il paesaggio è da togliere il fiato nella sua austerità e nei suoi colori tenui. La povertà della sua gente è incredibile, eppure la loro capacità di resistere e il loro orgoglio sono notevoli. Solo per quello farò del mio meglio per loro e resterò per creare qualcosa che valga, per loro e i loro figli. E intendo portare qua la mia duchessa, a tempo debito, quando la casa sarà degna di essere abitata da lei. Sai che il tuo papà *Baboo* può dormire su una stuoia o sulla dura terra purché possa guardare il cielo notturno. Ma la mia carissima moglie avrà delle stanze degne del suo rango. E mi rifiuto di farmi superare ed essere messo in ombra dal suo primo duca! E qui sta la gara, e io sono sempre stato competitivo, vero?

Sarah-Jane, permetti al tuo papà *Baboo* di essere serio per un momento ed esprimere la sua speranza che col tempo accetterai il mio matrimonio, e la tua matrigna, la nuova duchessa di Kinross.

Sicuramente adesso avrai capito, o almeno Charles, che è suo cugino di primo grado ti avrà rassicurato, che Antonia è una donna di sentimenti profondi e che quindi mi ama veramente. Io l'amo senza riserve, e con tutto il mio cuore. Dovrebbe bastarti per accettarla e tranquillizzarti. Perché che cos'è l'età, se non un numero?

Hai espresso la tua preoccupazione che io avessi bisogno di un erede legale e che mia moglie non avesse l'età per fornirmelo, e che questo era un motivo sufficiente perché non ci sposassimo. Potresti avere ragione, in quanto, essendo un duca, si presume che io voglia un erede. Ma non me ne serve uno. Né ritengo mia moglie incapace di darmi un figlio. Ne avremo almeno uno. Ecco tutto. Un amore come il nostro lo esige. Ma se non dovesse succedere, allora così sia. Sono sempre filosofico. Il tuo papà *Baboo* lascerà questa faccenda nelle mani di Shiva e pregherà sua moglie Parvati, perché non è forse la dea della fertilità, dell'amore e della dedizione?

Tu sai che se avessi avuto la possibilità di fare di te la mia erede legale, lo avrei fatto, mille volte. Saresti stata una splendida duchessa di Kinross. Ma secondo me tuo marito avrebbe trovato difficile coniugare i suoi principi rivoluzionari e tenere la testa alta come fa tra i suoi fratelli coloniali se avesse sposato l'erede di un ducato scozzese. I suoi compagni avrebbero schernito lui e i suoi ideali. E che suo suocero sia un duca non è proprio colpa sua, no?

Siamo entrambi destinati a vivere per sempre con le conseguenze del mio essere fuggito con tua madre, una donna sposata. Ma non lo rimpiango. Non posso. Lei non avrebbe probabilmente mai potuto divorziare da suo marito, uno zotico violento, e dovevo salvarla da lui appena possibile. Con quello scopo, e poiché ci eravamo innamorati, eravamo pronti a passare il resto delle nostre vite nel peccato. L'unica nostra possibilità era fuggire nel subcontinente, là dove sapevo di poter creare una vita per noi e dove la gente ci avrebbe accolto a braccia aperte. E nessuno dei due aveva rimpianti. Guardavamo a quella vita con ottimismo, come a una grande avventura. Purché fossimo insieme, nient'altro importava. Nessuno dei due aveva pensato che tua madre potesse restare incinta, e così in fretta. Il suo matrimonio era sterile. E ci importava forse che nostra figlia sarebbe nata fuori dal sacro vincolo del matrimonio? Pensavamo alle conseguenze a lungo termine per quella figlia? Ovviamente no! Eravamo innamorati e ti abbiamo accolta nelle nostre vite e ti abbiamo amata dal profondo del nostro cuore. Quando tua madre m'informò della sua gravidanza ero così felice, eravamo così felici, al pensiero che avremmo avuto un figlio insieme. Tutto ciò che voleva tua madre era essere una buona moglie e madre, e con me era entrambe le cose. Ti ha amato tanto. Quindi, vedi, mia carissima, sei tanto amata e sei stata tanto desiderata e festeggiata, che lo svantaggio della tua nascita era, ed è, un particolare di poca importanza.

Hanno bisogno di me altrove adesso, e dato che il mio tempo non è mio, e devo cercare di fare tutto ciò che posso prima di tornare al sud, ti lascerò adesso, e ti scriverò di nuovo molto presto.

Il tuo papà ti vuole bene e gli manchi e ti manda un migliaio di baci.

Porgi i miei saluti a Charles. Risponderò alla sua lettera nei prossimi giorni e darò una risposta a tutte le sue domande.

K

Vedi come sono diventato borioso. Ora il tuo papà Baboo è un duca e firma con uno svolazzo e solo con la sua iniziale. Baci.

Diabolico Dair
Lettera 5

Il maggiore lord Fitzstuart, H.M.S. Reliant, Barbados, a lady Fitzstuart, Fitzstuart Hall, Buckinghamshire, Inghilterra.

H.M.S. Reliant
Settembre 1777

Mia carissima, amatissima moglie,

Moglie! La più bella parola al mondo. Perché siete la cosa migliore che mi sia mai capitata, mia carissima, amatissima Delizia. Perdonatemi se questa lettera trabocca sentimentalismo, ma quando mi prendo il tempo di restare fermo, sedermi e pensare, o quando sono nella mia cuccetta e sto per addormentarmi con il moto delle onde, i miei pensieri sono tutti per voi. Penso al tempo che abbiamo passato insieme sull'isola dei Cigni e vorrei essere ancora là, con voi. Penso al futuro che avremo insieme quando tornerò. Oso perfino immaginare i nostri figli e che aspetto avranno. Ah! Ho troppo tempo libero, vero?

Avevo cominciato questa lettera, poi l'avevo messa da parte. Potrei farlo parecchie volte prima che sia finita. So che mi perdonerete se non sarà il capolavoro che dovrebbe essere. In verità potrebbe essere lo scritto più lungo a cui mi sia mai dedicato e questo include i rapporti che ho mandato a vostro nonno negli anni, dettagliando le mie attività. Ho sempre preferito parlare di persona con il nostro capo dello spionaggio.

Delizia, sappiate che il vostro carissimo marito (la seconda parola più bella al mondo) è in ottima salute come sempre. E anche il suo attendente. Il signor Farrier invia i suoi saluti e dice di assicurare a vostra signoria che sta tenendo sua signoria lontano dai guai come meglio può. Ma in che guai potrei mai mettermi, confinato su una nave, in mezzo all'Atlantico? Potreste veramente chiedervelo! Ma sono lieto di avere Farrier con me e so che lo siete anche voi.

Non resto in ozio. Passo le mie giornate imparando il mestiere di marinaio. Ora riesco a 'manovrare le cime' e fare ogni genere di nodi. Gli uomini all'inizio erano un po' diffidenti della mia curiosità e della mia voglia di lavorare insieme a loro. Perché quale gentiluomo, e sicuramente non un nobile, vorrebbe mai stare spalla a spalla con un comune marinaio? Gli ufficiali hanno tentato di dissuadermi dal fraternizzare con loro, ma il capitano non ci vede niente di male e non me lo impedisce.

E i suoi uomini sono contenti di avermi, perché li diverto con le mie domande. Il capitano Willis sa anche che mi getterei fuori bordo pur di non essere confinato in una cabina a giocare a scacchi, leggere o scrivere lettere a casa (eccetto che a voi, Delizia), che è ciò che i passeggeri di rango si suppone che facciano mentre sono a bordo. Evitano anche l'aria di mare e il caldo rovente. Non fa per me e, per quanto mi riguarda, è meglio essere sul ponte, a respirare l'aria salmastra e abbronzarmi invece di essere confinato in un piccolo spazio, a camminare avanti e indietro e respirare il fumo del mio sigaro.

E questo mi ricorda di avvertirvi che la prossima volta che mi vedrete troverete le mie mani callose e le braccia e la faccia di una bella tonalità di nocciola. Ma sarete lieta che stia coltivando una barba da pirata, solo per voi. Sta venendo veramente bene, nonostante la disapprovazione del signor Farrier e le sue obiezioni. Affila quotidianamente il mio rasoio, aspettandosi che torni in me prima che tocchiamo terra, e prima che torni da voi. Il pirata Dair non vi deluderà!

Ho appena avuto l'avventura più corroborante, *nay*, mozzafiato! E sono sopravvissuto per raccontarla, quindi non dovete preoccuparvi inutilmente, Delizia. Anche se so che non mi neghereste mai un po' di divertimento per contrastare la noia di un lungo viaggio per mare. Quindi lasciate che ve la racconti.

È stata emozionante come quando si aspetta di caricare il nemico al galoppo, con il cuore che batte come un tamburo. Posso dirlo senza esitazioni. Ed è stato altrettanto soddisfacente perché mi ci sono voluti diversi tentativi e ho dovuto ricorrere a tutto il mio coraggio, ma alla fine sono riuscito ad arrampicarmi fino al pennone di gabbia! Che cos'è, vi chiederete? Un pennone è la trave orizzontale di un albero alla quale sono agganciate le vele e il pennone di gabbia è la seconda vela, non la prima, in alto sopra il ponte, quindi il vostro caro marito è stato super coraggioso per andare oltre quello che era stato sfidato a raggiungere.

E una volta salito a un'altezza così vertiginosa, mi sono avventurato, un centimetro per volta, lungo la trave per sedermi a metà e da lì ammirare la vista, che è concessa solo ai marinai e ai gabbiani. L'oceano si estende infinito fino all'orizzonte, e il panorama è interrotto solo da onde occasionali. Anche se sono riuscito a intravedere una sirena! O almeno è quello che avevo pensato vedendo la sua coda saltar fuori dall'acqua. Ma credo che ciò che ho visto fosse una creatura marina completamente diversa. Probabilmente una balena. E quando ho dato un'occhiata sotto di me, ho scoperto una folla di facce voltate in su e sorridenti. Tutti i marinai non in servizio si erano riuniti per osservare il mio tentativo, senza dubbio aspettandosi che fallissi o morissi cadendo! E quando ho osato alzarmi sui piedi nudi e mettermi eretto, tenendomi e ondeggiando con le funi, ho rivolto al mio pubblico un inchino profondo, come meglio potevo da quella posizione precaria. Si è alzato un urrà in risposta, al che ho riso e ho fatto un secondo inchino. Avreste apprezzato la mia sceneggiata, Delizia. E non è stata la fine della mia avventura perché, una volta al sicuro sul ponte, parecchi degli uomini avevano dimenticato chi ero tanto da considerarmi uno di loro, sono corsi avanti e mi hanno sollevato in alto al suono di altri urrà. E avremmo continuato a festeggiare se non fosse venuto il loro superiore a interromperci e ordinare ai suoi uomini di tornare ai loro compiti.

Ma, per favore, mia cara, non temete che abbia corso dei rischi o che non mi curassi della mia mortalità. La mia vita ora è legata alla vostra, quindi non tenterei mai di fare qualcosa che possa metterla a rischio. Parola d'onore. Vi amo troppo per rischiare nuovamente di rimetterci la pelle. Ora siete ciò per cui vivo; e voi, e tornare da voi sono tutto ciò a cui penso.

Ammetto che mi avevano sfidato a farlo. L'ho già detto. Ma sappiate che non avrei mai tentato quell'avventura se non fossi stato sicuro del suo esito. Ho aspettato una giornata di mare calmo, in modo che non ci fosse rollio, e l'arrampicata fosse quindi molto più facile. E sapete che sono un esperto scalatore di alberi e la mia grande forza mi è stata d'aiuto perché sono stato in grado di arrampicarmi sull'albero e lungo il sartiame con sorprendente facilità. Posso anche essere due volte più grosso di quei marinai che corrono per tutta la nave come scimmie su un albero, ma sono altrettanto agile e molto più potente nei polsi di loro. Comunque, provo una profonda ammirazione per la loro abilità di andare su e giù per gli alberi e lungo i pennoni, a sistemare le cime e le vele e a fungere da vedette, perché è un'occupazione pericolosa e non adatta ai deboli di cuore.

Siamo approdati. Sono passati cinque giorni dall'ultima volta che ho preso in mano la penna e sono contento di avervi scritto di momenti più felici e spensierati a bordo, perché non posso farlo adesso. Abbiamo calato l'ancora nel porto in ciò che posso solo descrivere come l'inferno in terra. Quelli che sono stati qui prima mi assicurano che Barbados era un paradiso. Quel posto non esiste più. Non ci sono persone, edifici, vegetazione, solo distruzione e desolazione. Va oltre la mia capacità di descrizione rendere giustizia alla devastazione e alle sofferenze causate dall'uragano che ha colpito l'isola. I venti erano così forti che gli alberi sono stati spogliati della corteccia. L'arsenale non esiste più. Edifici di pietra sono stati ridotti a macerie. Un cannone da dodici è stato portato a una distanza di 130 metri dalla potenza del mare che si alzava. Ci vorranno parecchi anni, se mai sarà possibile, prima che questo posto torni abitabile.

Dev'essere stata un'esperienza terrificante per tutti quelli coinvolti e i miei pensieri sono rivolti a mio padre e alla sua giovane famiglia. Che tormenti e che terrore devono aver sofferto prima della loro morte? E non solo lui e i suoi figli, ma tutte quelle povere anime che vivevano su quest'isola. Ci dicono che migliaia di persone hanno perso la vita e molte altre migliaia nelle isole vicine. La flotta britannica e quella francese sono decimate. Non è rimasto in piedi un forte, una casa. Perdonatemi se mi ripeto, ma il massacro è incredibile e questo detto da vostro marito, che è stato sui campi di battaglia ed è stato testimone oculare di quei massacri.

Sono tornato a bordo della nave per mangiare e dormire, e per scrivere il resto della lettera in modo da poterla inviare su una delle due navi che sono sopravvissute ai margini della tempesta e che sono entrate in porto per offrire assistenza e che ora torneranno in Inghilterra per procurare rifornimenti e con la corrispondenza. Tornerò sulla terraferma domani mattina e nuovamente a ciò che è rimasto della casa di mio padre, per l'esumazione ufficiale del suo corpo. Dio sa in che condizioni sarà, o se avrò il coraggio di guardarlo, ma avrò con me il chirurgo della nave, a cui potrò riferire le informazioni datemi dalla cugina duchessa riguardo a una frattura guarita al braccio sinistro di mio padre. Il signor Plume, che ho trovato essere una persona per bene e molto onesta, ha offerto anche i suoi ricordi perché ricorda che mio padre si era fatto togliere parecchi denti negli anni.

Come potete immaginare, voglio solo che questa faccenda spaventosa finisca per poter continuare la mia vita. Ma mi rendo conto quanto sia necessaria per la mia eredità e il nostro futuro perché finché resterà anche una sola parvenza di dubbio sulla morte di mio padre, non potrò reclamare con sicurezza il mio diritto di nascita.

Ne avevamo discusso prima che partissi e resterò fedele alla mia parola di fare tutto ciò che posso per trovare i figli di mio padre, vivi o morti. Il signor Plume, e parecchi degli schiavi di mio padre, sono certissimi che non possano essere sopravvissuti, ma finché i loro corpi non vengono recuperati come facciamo a saperlo per certo? Forse non lo sapremo mai. Ma se fossero trovati vivi, mi accerterò che possano venire in Inghilterra, che ricevano la loro eredità e che siano sistemati come si conviene, per l'amore e la cura che mio padre aveva per loro. Se i loro corpi saranno recuperati, farò in modo che abbiano degna sepoltura, accanto alla tomba di mio padre. È il minimo che possa fare. Quanto agli uomini che possedeva, odio l'idea stessa della schiavitù, come sapete, e quindi avranno la loro libertà e il compenso che potrò dare loro perché comincino la loro nuova vita. So che questo è ciò che pensate anche voi, e Charles e Mary erano entrambi d'accordo, anche se lo avrei fatto comunque.

Il signor Farrier dice che devo riposare e ha ragione. Quindi firmerò la lettera e apporrò il mio sigillo con un bacio e tutto il mio amore. Non vedo l'ora di tornare a casa, al conforto e al calore delle vostre braccia. Non pensate che sia egoista perché non chiedo come vanno le modifiche alla casa o come vi state adattando alla vita da sua padrona, o se mia madre si è resa accettabile, se non piacevole. Resterà contraria fino alla fine al suo trasferimento nella casa vedovile, e questo non ha niente a che vedere con voi ma con il tipo di donna che è lei. Ho completa fiducia in voi e so che la tratterete con l'abilità diplomatica che senza dubbio avete appreso da vostro nonno.

Penso a poco altro che non siate voi e la nostra vita nella tenuta ed è un conforto sapere che siete lì, al sicuro, e che mi state aspettando, e sapere che ho in voi una compagna la cui serena dolcezza significa chc sarete in grado di occuparvi di tutte le possibili crisi domestiche (anche la mia intrattabile madre). E so che state sopportando tutto perché mi amate e per questo vi amo ancora di più.

Amore e baci,
Dair con la barba da pirata.

Diabolico Dair
Lettera 6

Jonathon, il nobilissimo duca di Kinross, Appartamento 6, Forrester's Wynd, Lawnmarket, High Street, Edimburgo, Scozia, ad Antonia, la nobilissima duchessa di Kinross, Crecy Hall via Alston, Hampshire.

Appartamento 6, Forrester's Wynd, Lawnmarket, High Street,
Edimburgo
Settembre 1777

Amore mio, tesoro,

Ho letto tre volte la vostra lettera. L'ho qui accanto a me, aperta e l'ho riletta ancora una volta. Mi trema la mano e il cuore e la testa stanno pulsando. Le gambe sono diventate molli come un budino.

Mi ero appena alzato da una sedia alla base delle scale che portano nei miei alloggi qui nella capitale quando un messaggero mi ha consegnato la vostra lettera. Ero con un gruppo di gentiluomini dalle guance rosse, venuti a discutere di debiti e creditori e del futuro. Sono tutti collegati in qualche modo al mio titolo: avvocati, parenti, un banchiere, il mio sovraintendente, due gentiluomini delle terre vicine, che passano più tempo qui a Edimburgo che nelle loro tenute. Ho pagato i debiti del mio prozio con grande soddisfazione di tutti, e sono l'eroe del giorno. Il punto è che quest'eroe era circondato da un gruppo di uomini robusti, nessuno dei quali mi arrivava alla spalla, quando vostro marito è stato ridotto a uno straccio dalla vostra notizia e sul punto di crollare. Le ginocchia hanno ceduto e mi sono lanciato verso il tizio più vicino, usandolo come gruccia per evitare di cadere a faccia in giù sul pavimento. Sono sicuro che abbiano pensato che avessi avuto un attacco di cuore per la salita, perché questo posto è molto ripido e ci sono scale dappertutto.

Mi sono sentito il più grande degli stupidi per aver reagito in quel modo alla notizia, eppure non mi importava, perché mi avete reso il più felice degli uomini, e non solo me. Quando la folla intorno a me ha saputo della notizia, l'urrà che è partito quasi mi ha assordato, aumentando il mio disagio. E ora sto sorridendo come un folle perché non pensavo fosse possibile sentirmi più felice di com'ero il giorno delle nostre nozze, quando ho infilato la fede nuziale al vostro dito, facendovi mia.

Non vi avevo detto che avremmo avuto un figlio, tesoro? Parvati ha esaudito le mie preghiere. Provo compassione per voi quando mi dite che avete la nausea tutte le mattine e ora non sopportate l'odore della vostra bevanda preferita? Certo! Ma non riesce a togliermi il sorriso dalla faccia. Niente ci riuscirebbe. Me ne vado in giro come su una nuvola e tutti quelli che incontro probabilmente pensano che sia un idiota. Non mi interessa.

Una cosa è certa. Verrò a casa da voi appena possibile. La cosa più importante è che sia con voi, non a centinaia di miglia di distanza. Il mio sovraintendente, l'avvocato, il banchiere e tutti quelli che contano nella tenuta sono d'accordo con me. Non posso sottolineare abbastanza l'importanza della vostra gravidanza per questa gente, per la tenuta e per le persone che dipendono da me, ora che sono il loro *laird* e il loro duca. Che abbia avuto il titolo ha dato loro speranza, ma la vostra notizia dà loro un futuro.

Quindi verrò a casa il più in fretta possibile. Cavalli veloci e il bel tempo dovrebbero permettermi di tornare nelle vostre braccia per la fine del mese. E poi potrete rimproverarmi quanto vorrete per le condizioni in cui vi trovate adesso e, come dite, alla vostra età. Ah! L'età! Non conta per nessuno di noi, ricordate? Spero che non la userete mai più come scusa con me nonostante sia sicuro che vi diciate da sola tutte le mattine che ciò che vi ha messo in questa situazione è stato innamorarvi di un uomo che vi trova assolutamente desiderabile e che, se fosse umanamente possibile, farebbe l'amore con voi dieci volte al giorno.

Forse vi imbarazza essere incinta a quella che voi considerate 'la vostra età'? Vi sentivate così quando eravate incinta dei vostri figli? Ovviamente no! Perché avreste dovuto? E sono sicuro che *Monseigneur* se ne andasse in giro facendo la ruota come un pavone saputa la notizia che sarebbe diventato padre, e lui era di mezz'età. Quindi vi avverto, che questo vostro marito intende pavoneggiarsi, orgoglioso e fiero com'era lui. Ho già cominciato! Perché mentre i miei congiunti venuti insieme a me da Fife si congratulavano con me, so che il mio petto era gonfio e io pieno di sorrisi. Sì. Sono sicuro che il mio petto si sia gonfiato ancora di più quando questi uomini hanno espresso il loro piacere e la loro eccitazione nel pensare che il loro nuovo duca aveva il titolo da meno di un anno ed era già sposato e avrebbe fornito al ducato un erede nell'anno nuovo. Quindi tutto quel gonfiare il petto e pavoneggiarmi è giustificabile.

Dovrei dirvi qualcosa del mio soggiorno nella capitale scozzese, un continuo saliscendi, il posto più collinoso che abbia mai visitato. Il castello, sulla sua rupe, incombe sul paesaggio e non è molto diverso da un foruncolo sul sedere di un gigante, sporgente e dall'aspetto doloroso, mentre tutto intorno è piacevole e verde e umido. Ma nonostante tutto è una vista maestosa, che riscalda il sangue scozzese nelle mie vene.

Non posso dar torto ai locali dalla faccia dura che si dedicano ai loro affari con solenne circospezione e uno scopo preciso. Le loro residenze cittadine sono molto alte, sei o otto piani in altezza, con diverse famiglie che vivono su ogni piano. Non essendoci distinzione sociale nei distretti, dato che i ricchi e i poveri vivono in stretta vicinanza, spesso negli stessi edifici, sono solo il numero di stanze e il piano al quale una famiglia sceglie di risiedere che forniscono un indizio sullo status degli occupanti. I piani di mezzo e quelli alti sono occupati dai ricchi e da quelli con uno status sociale, e i piani inferiori sono stipati di poveri. Esattamente il contrario di ciò che succede a Londra, vero?, dove i servi occupano le mansarde. Non qui. Si parla (e sono stati presentati dei piani) di costruire un'altra città, che nasca da un progetto, dall'altra parte del *loch* che divide il castello e le aree circostanti dal resto delle terre basse. Ho intenzione di investire, se il progetto andrà avanti, perché voglio che la mia duchessa e nostro figlio vivano in un edificio grandioso e adeguatamente confortevole. Inoltre, il mercante che c'è in me dice che sarà un eccellente investimento.

Molti ricchi mercanti, e i titolati, vivono fuori dalle mura della città, in case consone al loro rango. Ed è solo quando ci si inoltra attraversando il Forth, dentro il Fife e oltre, che si incontrano tenute che assomigliano all'equivalente inglese di una grande villa con un parco. Mi dicono che una di queste tenute ha una serra per la coltivazione dei frutti esotici e che, per la sua dama, il lord ha costruito una grande struttura che assomiglia a un ananas. Mi piacerebbe veramente vedere un simile spettacolo e forse quando tornerete qui con me la prossima estate, possiamo cercare noi questo ananas. Potrei cominciare a fare delle indagini e far scrivere a sua signoria dal mio sovraintendente per chiedergli di fargli visita. La vostra figlioccia Rory sarebbe invidiosissima se dovessimo visitare questa replica in pietra del suo frutto preferito.

Mi rendo conto che questa mia piccola escursione nei dintorni è più che insoddisfacente per una persona come voi che ha una sete inesauribile di conoscenza, ma devo firmare questa lettera, con riluttanza, e farla spedire immediatamente, in modo che la riceviate appena possibile. Ho qualche giorno di riunioni nella capitale per sistemare i miei affari qui nel nord fino al mio ritorno in primavera. È un bene che abbia completa fiducia nel mio sovraintendente, un gentiluomo che, opportunamente, si chiama Colin Record. Tra lui e Ffolkes, al quale ho dato la mia procura e che resterà per catalogare la biblioteca finché sarà soddisfatto, ritengo che le riparazioni e la ristrutturazione della tenuta continueranno alla stessa velocità, anche in mia assenza.

Conto le ore finché sarò tra le vostre braccia e potremo dedicarci nuovamente a [*omissis*]. Mancate a [*omissis*] e me lo fa sapere ogni mattina. La [*omissis*] fa lo stesso per voi? Dio, questo desiderio mi fa sentire come se avessi nuovamente quindici anni e avessi bisogno di [*omissis*] ed è tutta colpa vostra, donna meravigliosa. Un uomo ha mai desiderato una donna quanto vi desidero io? Io [*omissis*] e [*omissis*] e voi [*omissis*].

Il vostro pavone
K

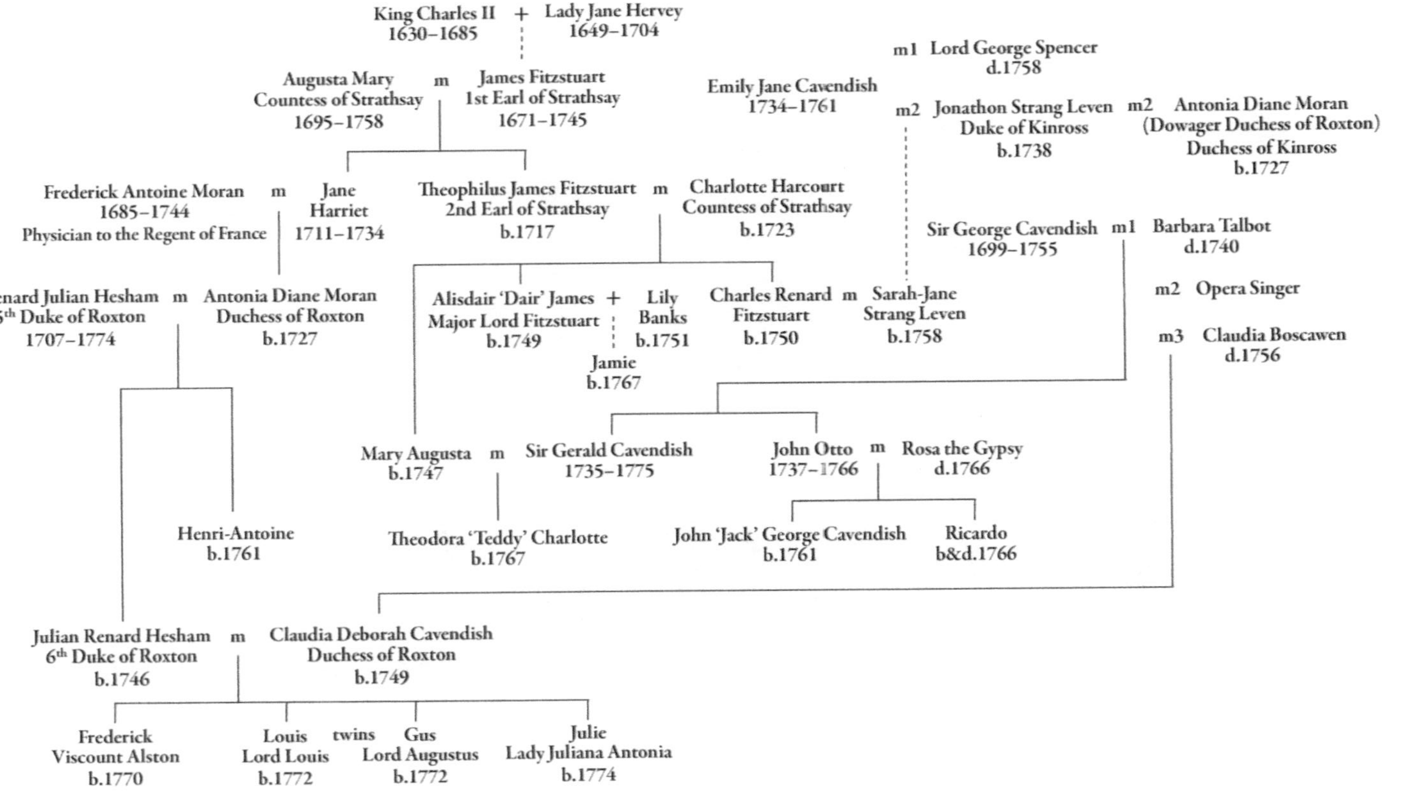

King Charles II + Lady Jane Hervey
1630–1685
1649–1704
Augusta Mary m James Fitzstuart
Countess of Strathsay
1695–1758
1st Earl of Strathsay
1671–1745
Emily Jane Cavendish
1734–1761
m1 Lord George Spencer
d.1758
m2 Jonathon Strang Leven
Duke of Kinross
b.1738
m2 Antonia Diane Moran
(Dowager Duchess of Roxton)
Duchess of Kinross
b.1727
Frederick Antoine Moran m Jane
1685–1744
Physician to the Regent of France
Harriet
1711–1734
Theophilus James Fitzstuart m Charlotte Harcourt
2nd Earl of Strathsay
b.1717
Countess of Strathsay
b.1723
Sir George Cavendish m1 Barbara Talbot
1699–1755
d.1740
m2 Opera Singer
m3 Claudia Boscawen
d.1756
Renard Julian Hesham m Antonia Diane Moran
5th Duke of Roxton
1707–1774
Duchess of Roxton
b.1727
Alisdair 'Dair' James + Lily
Major Lord Fitzstuart
b.1749
Banks
b.1751
Jamie
b.1767
Charles Renard m Sarah-Jane
Fitzstuart
b.1750
Strang Leven
b.1758
Mary Augusta m Sir Gerald Cavendish
b.1747
1735–1775
John Otto m Rosa the Gypsy
1737–1766
d.1766
Henri-Antoine
b.1761
Theodora 'Teddy' Charlotte
b.1767
John 'Jack' George Cavendish
b.1761
Ricardo
b&d.1766
Julian Renard Hesham m Claudia Deborah Cavendish
6th Duke of Roxton
b.1746
Duchess of Roxton
b.1749
Frederick
Viscount Alston
b.1770
Louis
Lord Louis
b.1772
twins
Gus
Lord Augustus
b.1772
Julie
Lady Juliana Antonia
b.1774

LE LETTERE DI 'LADY MARY'

Lady Mary
Lettera i

Kate, lady Paget, Casa Rosa, vicino al Ponte di marmo di via Borra, Quartiere Venezia, Livorno, a sua grazia il nobilissimo [5°] duca di Roxton, Casa Bianca, Residenze Terza Collina, Costantinopoli.

Casa Rosa, vicino al Ponte di marmo di via Borra, Quartiere
Venezia, Livorno
Agosto 1767

Mio caro Roxton,

Nella vostra ultima lettera mi avete chiesto di dirvi qualcosa su Livorno. Sono rimasta molto sorpresa che non abbiate mai visitato questa città, che non siate passato di qui andando a Roma. Ma poi ho ricordato che avevate detto di aver viaggiato via terra da Parigi, in modo da poter visitare Milano, Modena e Firenze prima di proseguire per Roma, e che avevate una ragione specifica per visitare Modena. Anche se Antonia mi ha confidato nella sua lettera che il medico che avete consultato lì riguardo alle condizioni del vostro figlio minore non è stato in grado di darvi risposte, e ancor meno speranze!

Spero che ora che siete sistemati in una casa a Costantinopoli, abbiate il tempo e la calma per consultare ogni possibile medico dell'Islam, che sperate abbiano una conoscenza maggiore del mal caduco e del suo trattamento rispetto ai nostri medici qui in occidente. Forse il cambiamento di ambiente e di dieta offrirà al vostro ragazzino un po' di sollievo dai suoi attacchi?

E prima di dimenticarlo (ancora una volta) e cominciare a raccontarvi della mia città adottiva, voglio dedicare un pensiero effettuoso per voi e Antonia, per la vostra riunione con il vostro figlio maggiore ed erede. Quanti anni sono passati da quando siete stati tutti insieme come una famiglia? Julian deve essere cambiato molto e non intendo solo d'aspetto. Da quanto mi dite dei rapporti del suo padrino, è diventato un degno giovane gentiluomo di cui siete giustamente molto fiero. Non serve che vi dica che capisco perfettamente la vostra ansia per questa riunione, e perché speriate che vada al di là delle vostre aspettative, specialmente per il bene di Antonia. E spero che mi scriverete per raccontarmi della più lieta delle occasioni cosicché possa essere tranquilla sapendo che la madre di vostro figlio si è riunita con lui con soddisfazione di tutte le parti.

Ho deviato ancora dal mio scopo, vero? Quindi ecco il mio sunto su Leghorn (come la chiamiamo noi inglesi, anche se faccio del mio meglio per riferirmi alla città come la chiamano i locali, cioè Livorno).

Dentro le mura di questa città fortezza risiede una moltitudine di razze: mori, arabi, turchi e ogni genere di europei, e immagino che sia una cosa da aspettarsi in un porto dove le navi attraccano da molte parti del Mediterraneo e oltre. Queste navi arrivano a vela fin dove possono, dato che è un porto dalle acque basse, e poi le merci vengono scaricate su barche più piccole per essere portate a riva. Una volta sulla terraferma, sono divise sui moli e poi portate in enormi magazzini, dove vengono ulteriormente suddivise. Gli agenti che controllano non sono lì per riscuotere imposte doganali, dato che questo stato sovrano è privo di dazi, e quindi passano il tempo a mantenere l'ordine e ad assicurarsi che le operazioni di trasferimento delle merci siano regolari e che non ci siano furti.

Ci sono tutti i tipi di mercanzia, dal grano al tabacco, allo zucchero e, potrà sorprendervi (come ha sorpreso me), un'enorme quantità di merluzzo e aringhe essiccati. Perché?, vi chiederete. È per la popolazione locale e per quelli che abitano oltre le mura, per i loro pasti del venerdì, quando i papisti hanno la proibizione di mangiare la carne e, in quaresima, i prodotti caseari di ogni tipo, e anche per la vigilia dei giorni di festa. La mia governante mi dice che con tutte le festività religiose, se si sommano i venerdì e i sabati e la quaresima, i cattolici passano oltre un terzo dell'anno senza carne e lardo, o senza uova, burro, formaggio! Immaginate dover fare a meno di un bell'uovo al mattino, o del latte nel tè o nel caffè? Di certo voi non accettereste un simile dettame e, oso dire, se foste un papista, ve ne infischiereste dei cardinali e dell'Inquisizione, e, se vi conosco, ve la cavereste anche. Accidenti a voi!

Eppure, nonostante i dettami papisti e le sinistre figure dell'Inquisizione che aleggiano nell'ombra, sperando di saltare addosso a coloro che osano andare contro gli insegnamenti della chiesa e mangiare carne il venerdì, questa città è notevolmente tollerante nei confronti delle altre fedi. Ma è un espediente dei suoi saggi governanti. I Medici, nonostante fossero diventati nobili, erano innanzitutto banchieri e mercanti e quindi molto pragmatici. Dove il commercio impera, il denaro ha la precedenza su Dio.

Cristiani, sia cattolici sia protestanti, ebrei e musulmani possono pregare liberamente qui, e senza timore. Ci sono sinagoghe e templi e perfino un cimitero inglese!

Quindi, se dovessi morire qui domani, potrei tranquillamente essere seppellita in terra protestante consacrata. Mi dicono che sia l'unico cimitero inglese in tutti gli Stati Italiani. È recintato e ben curato e molti ricchi mercanti riposano sotto monumenti imponenti.

Vista la presenza di un cimitero inglese, ci si aspetterebbe che qui viva una grande comunità dei nostri connazionali. Ma non è così. È una piccola comunità che comprende solo qualche dozzina di famiglie. Ma sono molto visibili economicamente e, data la nostra preminenza mercantile, si fanno sentire forte e chiaro riguardo ai loro bisogni e ai loro desideri. La *British Factory* (come sono chiamati questi mercanti riuniti) è ben organizzata in una corporazione mercantile e ha parecchio successo.

Ovviamente sono mercanti fatti e finiti e vi dirò quanto bramano l'alta società: quando si seppe che io, la vedova di un lord ammiraglio pluridecorato, avevo preso residenza qui, fu come se la regina in persona fosse arrivata in mezzo a loro! So che state ridacchiando e scuotendo la testa, ma è così. Non ceno a casa da oltre un mese e, anche se è bello essere festeggiata e omaggiata, preferirei avere un'esistenza più tranquilla a questo punto della mia vita, specialmente perché la mia vista indebolita non mi permette di giudicare l'umore della stanza come vorrei.

Come mi manca cogliere il vostro sguardo attraverso un salotto affollato e alzare insieme un sopracciglio davanti all'abbigliamento esotico di qualche creatura, o la parrucca spaventosa di qualche dandy che assomiglia più al pelo di un barboncino che ai capelli, con voi che fate una smorfia che mi fa abbassare la testa dietro il ventaglio per nascondere un sorriso. Ma più di tutto mi manca il vostro sguardo letale, quello con il quale, ne sono sicura, riuscite a guardare direttamente attraverso le persone che vi annoiano, cosicché diventano come dei fantasmi e tanto varrebbe che non fossero lì, tanto vi interessano la loro conversazione o i loro salamelecchi.

A pensarci bene, Livorno non vi piacerebbe per niente. Anche se potreste approvare le case sui canali lungo la via Borra dove ho il mio appartamento, che sono uniformi e spaziose, con un tocco di Venezia nel loro aspetto, la compagnia che frequento non sarebbe adatta a voi. Forse se veniste in incognito, lasciando la vostra coroncina ducale alle mura della fortezza. Venire in visita come sua grazia di Roxton vi affaticherebbe. Inoltre, questa città non è abbastanza grande per tutti e due! Ah!

[*Paragrafo di quattro o cinque frasi illeggibile.*]

Avrei dovuto cominciare una pagina nuova, o forse un'altra lettera e inviare ciò che avevo già scritto, ma non ho potuto, altrimenti avreste supposto che fosse successo qualcosa di imprevisto per far finire così bruscamente una corrispondenza così banale.

Oh, carissimo amico! Ho la più meravigliosa, meravigliosa notizia da comunicarvi. Mio figlio (mi ha dato il permesso di chiamarlo così in privato, anche se lui mi chiamerà Kate mentre i suoi genitori adottivi sono in vita) ha lasciato Lucca e ora è qui con me. Sì! Christopher è qui nel mio appartamento. A dire il vero sono passate due settimane da quando ho cominciato la mia lettera per voi, perché è entrato mentre ero alla scrivania, e sono rimasta così colpita di vederlo che ho versato l'inchiostro e ho completamente dimenticato la lettera. So che mi perdonerete.

Christopher e io abbiamo passato ogni momento delle giornate dal suo arrivo a parlare, e lui a parlare di un futuro che comprende me... Renard, non riesco a dirvi l'euforia che provo, eccetto paragonarla proprio alla sensazione che provai quando lo presi tra le braccia da neonato. Il sentimento è così potente, così soverchiante che perfino adesso, mentre vi scrivo queste notizie, le lacrime mi riempiono gli occhi tanto che se la mia vista era scarsa prima, è ancora peggiore ora, mentre vi scrivo! Quindi perdonate questa vecchia signora per la sua grafia e le macchie sulla pagina.

Vi aspettavate un esito simile? So che speravate, come me, che il mio ragazzo ragionasse e capisse che tutto ciò che ho sempre voluto era far parte, anche marginalmente, della sua vita. Quando vi scrissi del mio primo e solo incontro con lui, sul finire dell'anno scorso, lui faceva ancora parte del triangolo De Nobili. Ero convinta che continuasse nella sua vocazione come cavalier servente e che sarebbe stato per sempre conosciuto come Cristoforo.

Che cos'è successo per farlo cambiare, chiederete, quando è stato il gentiluomo a contratto e l'amante delle mogli di altri uomini per un decennio? E quest'ultimo contratto era con la moglie di un conte politicamente potente di Lucca, Maddalena De Nobili, che era così presa da lui, come suo accompagnatore-amante, che voleva, *nay*, lo aveva implorato, di firmare un altro contratto di due anni, e suo marito sosteneva la sua richiesta!

Non riuscirò mai a capire come intese simili siano condotte in maniera così civile, con contratti legalmente vincolanti, e tutte le parti interessate, in particolare il marito e la comunità più ampia, accettino questo 'triangolo amoroso' come se fosse una cosa di tutti i giorni. Nessuno guarda dall'alto in basso un cavalier servente, e tutti lo vedono come un onore e un trampolino per cose più grandi. I giovani gentiluomini dell'aristocrazia italiana sgomitano per ottenere una posizione simile, e mi dicono che Christopher è stato accettato come uno di loro, e in effetti è molto ricercato, ed è veramente un grande onore.

So che alzate gli occhi al cielo quando vi dico di non approvare che mio figlio faccia parte di quel tipo di *ménage à trois*. E no, non sto facendo la moralista, e lo sapete bene! Dopo tutto, potete ben dire che sta seguendo le mie orme lascive o, come minimo, quelle del suo padre naturale. Sir George non era un santo, né dentro né fuori dalla stanza da letto. Ma ciò a cui mi sto riferendo sono i molti e svariati compiti di Christopher fuori dalla stanza da letto come cavalier servente di una donna sposata. È la natura servile di quella posizione, il fatto che deve essere ai suoi comandi, e che il marito non solo lo tollera, ma che ne fa parte! Voi non vi sareste mai prestato a un simile accordo. Saltare nel letto di una donna sposata, sì, ma prendere il posto del marito a teatro e durante le uscite ed essere obbligato ad andarle a prendere e portare il ventaglio? Assolutamente no! La vostra arroganza non vi avrebbe mai permesso di diventare il cagnolino di nessuno.

Non dovrei denigrare un'intesa che mi è estranea quanto il cattolicesimo o il cibo (anche se il cibo mi piace!). Dopo tutto, questo non è il mio paese e questa non è la mia cerchia sociale. Ma lui è mio figlio e un inglese fatto e finito e preferirei di gran lunga che passasse il tempo come Squire con gli stivali infangati piuttosto che come lo zerbinotto vestito di seta e profumato di una contessa italiana imbellettata.

No! Non ho bevuto troppo per desiderare che mio figlio ritorni nelle terre selvagge delle Cotswold, dove è cresciuto, quando tutto ciò che facevo quando era un bambino era lamentarmi di quell'educazione provinciale. Ridete, se volete! Ciò che desideravo di più è certamente avvenuto, perché dieci anni passati con la nobiltà toscana lo hanno trasformato nel più compito ed elegante dei gentiluomini. Non cammina, fluttua. Non si limita a muoversi, si libra. Non parla, conversa e in tre lingue, se necessario. Balla come un maestro, può tirare di scherma per salvarsi la vita, strimpella la mandola e suona la viola, e vi eguaglierebbe in eleganza sartoriale. E se tutte queste cose sono una misura della sua assiduità come studente per diventare cavalier servente e per ottenere una completa trasformazione, si potrebbe trasferirle nella stanza da letto e presumere con sicurezza che sia un amante consumato e, come voi, capace di soddisfare le sue amanti in ogni particolare.

Sono gelosa, vi chiedete? Sì, eccome! Certo che sono gelosa! Pensare che dia il suo tempo e i suoi talenti a queste donne, e con il permesso del marito, mentre a me non è mai stato nemmeno permesso essergli presentata, nemmeno come sua zia, mentre cresceva perché avrei potuto infettarlo con la mia lascivia, mi resta conficcato in gola come una lisca. Ma posso sentirvi dire che perlomeno ho riso per ultima, dato che il mio figliolo illegittimo, cresciuto come figlio di uno Squire, si è trasformato da uno zotico in una farfalla aristocratica! Quindi dev'essere nel sangue, e tutto il fieno raccolto e il sidro bevuto non hanno fatto la minima differenza. Ho vinto, nevvero?

Ma è una vittoria vuota, perché, nonostante il loro disprezzo nei miei confronti, non auguro alcun male a mia sorella e a suo marito. Ma mentirei a voi e a me stessa se non vi dicessi che quando Christopher mi ha informato di aver ricevuto una lettera dal suo padre adottivo che mia sorella, sua 'madre', era malata, non ne sono rimasta sconvolta quanto avrei dovuto. Ho finto di esserlo, per il bene di Christopher.

Non auguro a mia sorella di star male, e sono veramente grata a lei e al mio ottuso cognato per aver allevato Christopher come se fosse loro, ma è stata la notizia della sua malattia il catalizzatore della sua decisione di rinunciare allo stile di vita che ha qui in Toscana. In effetti, ha deciso di lasciare l'Italia e tornare in Inghilterra per stare con lei.

E io sono gelosa perché c'è voluta la malattia di mia sorella per farlo tornare in sé? Certo che lo sono. Ma non glielo faccio capire perché non capirebbe il mio risentimento. E io non voglio sconvolgere il delicato equilibrio della nostra riconciliazione. E quindi mi mordo la lingua e annuisco e concordo con lui e condivido tutti i suoi programmi. Sento dalla sua voce che vuole molto bene a Sophie, che lei è veramente sua madre, anche se sono io quella che l'ha avuto in grembo e che ha sofferto i dolori del parto per metterlo al mondo.

E qualunque fosse l'animosità tra lui e i suoi 'genitori' per averlo ingannato e non avergli detto la verità sulla sua nascita, cosa che l'aveva portato a fuggire sul continente, lui le vuole bene e vuole bene a suo padre e li perdona. E io so che nessuna delle mie lettere di supplica e il fatto che mi sia sistemata qui per essergli più vicina ha avuto alcun effetto sulle sue decisioni. E devo conviverci e accettarlo, ed essere grata di poter avere un pezzetto di lui.

Ho chiesto a Fran di farmi un caffè e sono salita sulla torretta che ha una magnifica vista sul porto, per schiarirmi i pensieri e perché Christopher desiderava parlarmi del futuro. Ora sono tornata, con le idee chiare, e desidero chiedervi perdono per una lettera che è cominciata in un modo ed è finita in tutt'altra direzione.

Vi scriverò di nuovo presto e vi farò sapere quali sono i miei programmi e che cosa riserva il futuro a me e a mio figlio. Ah! Poter scrivere quelle due parole fa cantare il mio cuore.

Portate ad Antonia tutto il mio affetto e ditele che penso a lei con i suoi due figli, specialmente ora che sono in grado di essere nuovamente una madre. Godetevi il soggiorno tra gli Ottomani. Nella vostra precedente lettera chiedevate se mi sarebbe piaciuto che mi portaste qualcosa, tornando in Inghilterra. Sì, grazie. Un turbante di seta, o forse uno di quegli scialli, in modo che possa recitare la parte della matrona rispettabile che, ve lo assicuro, non sarò mai.

Fino alla prossima volta, carissimo amico.

Con tutto il mio amore,
Kate

Lady Mary
Lettera 2

Kate, Lady Paget, Casa Rosa, vicino al Ponte di marmo di via Borra, Quartiere Venezia, Livorno, a sua grazia il nobilissimo [5°] duca di Roxton, Casa Bianca, Residenze Terza Collina, Costantinopoli.

Casa Rosa, vicino al Ponte di marmo di via Borra, Quartiere
Venezia, Livorno
Agosto 1767

Mio caro Roxton,

La vostra lettera è arrivata il giorno dopo aver spedito la mia, quindi rispondo immediatamente di modo che sappiate che l'ho ricevuta e perché devo riferirvi di un incidente che è successo, perché se non ve ne parlo subito, potrei non parlarvene più. Ma devo dirvelo, non solo perché lo troverete divertente, ma perché conoscete bene gli attori principali di questa tragicommedia. Naturalmente potete condividerlo con Antonia (so che lo fareste comunque ma, per ciò che vale, lei ha il mio permesso di leggere questa lettera).

Christopher ha deciso di tornare in Inghilterra. So che ve lo avevo detto nella mia lettera precedente e vi avevo parlato della mia delusione per non aver passato del tempo insieme da soli. Ma la buona notizia è che lo seguirò, non immediatamente, ma entro sei mesi. Potrei dovermi sistemare a Bath fino al momento in cui potrò trasferirmi più vicino. Dipende da mia sorella e da suo marito e da come prenderanno la notizia che il loro figlio è deciso a far sì che io faccia parte della sua vita, e quindi delle loro. Come ci riusciremo, non lo so. Ma lui sì. E suppongo, dato che è riuscito a vivere una vita all'interno di un triangolo composto da marito, moglie e amante, che lui possa adattare quel sistema a un triangolo di genitori adottivi, madre naturale e il figlio che hanno in comune!

La mia vita, se non altro, è interessante.

Quindi, torniamo all'incidente. È successo ieri sera tardi. Se avesse coinvolto chiunque altro e non Christopher, lo avrei trovato più divertente. Quand'è successo ero così sconvolta, e una madre fino al midollo. Questa mattina, riflettendoci, ho trovato il lato divertente e ho quasi versato il caffè scoppiando spontaneamente a ridere, quando mi è venuta in mente l'immagine della scena della sera prima. Christopher ne è uscito indenne e, da quel caro ragazzo che è, era molto più preoccupato per l'effetto dell'episodio su di me che per i danni fatti all'orgoglio dei Fittleworth, o alla sua modestia!

Oddio. Ho appena passato cinque minuti ad asciugare le lacrime per il troppo ridere perché più ci ripensavo e pensavo a ciò che avreste detto o fatto se vi foste trovato in una situazione simile, più ero divertita. Ovviamente voi alzerete quel vostro sopracciglio, e l'angolo della bocca, anche, e direte che non vi sareste innanzitutto mai trovato in una situazione simile, ma sto divagando… Lasciate che vi parli un po' dell'origine degli eventi.

Nella mia euforia di riavere Christopher nella mia vita, ogni altra considerazione, appuntamenti, ecc. e così via, mi sono svaniti dalla mente. Meno male che ho una governante impagabile, è anche una cuoca meravigliosa e suo marito funge da maggiordomo. Verranno con noi in Inghilterra. Non posso vivere senza di loro, o Fran, e loro, grazie a Dio, hanno accettato di lasciarsi alle spalle la loro terra natia per prendersi cura di me.

Divago di nuovo. Allora, la mia governante ricordava che avevo invitato degli ospiti a casa, contrariamente a me. Quindi ero lì, seduta a fare colazione con Christopher, nella torretta, con la sua vista sul porto e una fresca e piacevole brezza, che guardavo un magnifico *sloop* che batteva la bandiera dei Paesi Bassi gettare l'ancora, quando mi informarono che Lord e Lady Fittleworth erano arrivati.

Buon Dio! Avevo dimenticato di aver invitato Fanny e Fred a restare da me. Ovviamente, quando ci eravamo scritti, ero stata ben lieta della loro intenzione di farmi visita. Fred è qui nella sua veste ufficiale di console inglese alla corte fiorentina, per incontrare la *British Factory*. Un certo numero di mercanti ha sollevato preoccupazioni su problemi commerciali e legali che non riesco a ricordare, e con i quali non vi annoierei se anche li ricordassi.

E dato che sono stata loro ospite a Firenze in numerose occasioni e che ho goduto immensamente della loro ospitalità, non potevo dire di no. Ovviamente, se avessi saputo che Christopher sarebbe stato con me, non avrei minimamente esitato a rifiutare o avrei trovato una casa tutta per loro (anche se è difficile trovare case da affittare in questo quartiere).

Come sapete bene, non ci si può fidare di Fanny Fittleworth se c'è un uomo in giro che le piace. Lei pecca sovente, e lui è un marito geloso, ed è stancante. Non è che il loro fosse un matrimonio d'amore! Tutt'altro. Lei aveva solo diciassette anni quando suo padre la sacrificò per farsi pagare dal padre di Fittleworth i debiti di gioco. Probabilmente conoscerete la storia meglio di me. Siete un contemporaneo di Fred. A ripensarci, voi due non eravate stati coinvolti in un incidente, quando avevate sui vent'anni, che aveva portato la milizia a bussare alla porta di una nota cortigiana per disturbo della quiete, con voi due che scappavate dalla finestra di una soffitta e attraverso i tetti? Più ci penso, più sono convinta che ci foste voi e Fred su quel tetto.

Tralasciando il non stellare codice morale di Fred (e io sono l'ultima a poter puntare il dito, vero?), lui si aspettava fedeltà da sua moglie, e non l'hai mai avuta. Siete stato uno dei suoi amanti? Oh, non rispondete! Non mi interessa. Ciò che mi interessa è il presente e Fanny che aveva preso Christopher per il mio amante. È una risata quella che ho sentito fin da Costantinopoli?!

E questa non è la cosa peggiore. L'ha pensato anche Fred. E la trama si infittisce, perché entrambi conoscono Christopher come Cristoforo, avendolo incontrato a Lucca quando erano ospiti del conte De Nobili. Proprio lo stesso che è il marito della contessa italiana di Christopher, Maddalena. E quindi i Fittleworth conoscevano perfettamente il ruolo di Cristoforo, ed è il motivo per cui pensavano fossimo amanti. L'unica cosa buona è che non hanno mai sospettato che fosse mio figlio.

Quindi ero lì con il famoso Cristoforo come ospite in casa mia. E Christopher, che conosceva i Fittleworth da quando era a Lucca, recitò talmente bene la sua parte (troppo, si è scoperto) che si trasformò effettivamente in Cristoforo, tanto che quasi non lo riconoscevo. Certamente non riconoscevo mio figlio. Gli inglesi, perfino i Fittleworth che hanno vissuto all'estero per molti anni e si considerano colti e illuminati riguardo agli stranieri, non capiscono assolutamente la posizione sociale di un cavalier servente e quindi osarono vederlo attraverso i loro occhi inglesi, come un gigolò, assunto da donne di una certa età e condizione sociale. Capite dove stiamo andando a parare?

Quindi, torniamo all'incidente.

Ho messo da parte la penna per bere il caffè perché adesso, arrivando a scrivere dell'incidente in questione, sto riflettendo sul mio passato comportamento e il comportamento dei membri della mia cerchia e in particolare di vostra cugina Augusta. Perdonatemi se rivango il passato ma ricordo che mi diceste che quando eravate giovane, Augusta tentò di fare di voi una delle sue prede (ho scelto deliberatamente questa parola) e sedurvi, e questo quando eravate un ragazzo di quindici o sedici anni e lei ne aveva quasi trenta. Beh, Christopher potrà essere un uomo di trent'anni, con molti anni di esperienza di donne, ma i particolari non sono molto distanti da ciò che successe a voi. Quindi, se questa narrazione vi porta ricordi penosi, vi chiedo scusa. E se vi farà ridere di cuore per le buffonate di questa coppia sposata, allora ridete. Spero in questa seconda alternativa.

Allora, ecco che cosa successe.

Fui svegliata nel mezzo della notte da Fran, che a sua volta era stata svegliata dal mio maggiordomo Carlo. E lui a sua volta era stato svegliato da un rumore che arrivava dalla camera di Christopher, di una donna e un uomo che discutevano animatamente. All'inizio, pensammo tutti che fosse Christopher, perché non avremmo dovuto? Ma poi, mentre ci stringevamo nel corridoio ad ascoltare, fu chiaro che c'era una terza voce, molto più tranquilla delle altre due, e che questa era la voce della ragione, e apparteneva a Christopher.

Definirla una discussione animata è un eufemismo. In realtà era una guerra di urli. Lei che urlava contro di lui, lui che le ringhiava contro tutta una serie di recriminazioni, passate, presenti e future. Grazie al cielo i miei servitori conoscono poco l'inglese e ancor meno parolacce nella nostra lingua. Anche se rimasi sorpresa che Fran, che sono certissima non abbia mai visto un uomo nudo, e men che meno permesso a uno di toccare le sue virginali cosce, sapesse esattamente a che cosa stessero alludendo.

Quindi, quando la donna urlò che lui era 'il proprietario impotente di un pisellino così poco impressionante che aveva bisogno degli occhiali per trovarlo', la mia Fran impallidì e le si piegarono le ginocchia. Carlo l'afferrò prima che cadesse (non riuscì ad afferrarla la seconda volta, e vi do il permesso di indovinare quando successe).

Come potete immaginare, avrei potuto ascoltare quella discussione per tutta la notte, perché era estremamente divertente. Ma poi qualcosa risvegliò i miei istinti materni quando ricordai che questa buriana melodrammatica stava avvenendo nella stanza di mio figlio. E sarete fiero di me perché poi mi precipitai nella sua camera senza pensarci due volte, piena di oltraggio morale, decisa a salvare Christopher ponendo fine alla discussione e rimandando di corsa la coppia nei loro letti. Carlo, Silvia, Fran e il portiere mi seguivano da vicino. Ma avevo fatto solo pochi passi oltre l'uscio quando mi fermai di colpo, con quelli dietro di me che cercavano a loro volta di fermarsi e sbattevano l'uno contro l'altro per evitare di finirmi contro. In quel momento non ne avevo idea ma sono sicura che a un osservatore esterno sarebbe sembrato tutto molto divertente.

Ma la visione che mi si presentò in quella stanza fu sufficiente a farmi dimenticare qualunque altra considerazione.

Illuminato dalla luce delle candele c'era Christopher, in tutta la sua gloria, seduto sulla sponda del letto, nudo, eccetto che per una falda di lenzuolo premuta strategicamente tra le gambe, e ai suoi lati, Fanny e Fred Fittleworth, lui in camicia e berretta da notte, lei semisvestita, con la sottoveste che le cadeva da una spalla. Si stavano lanciando accuse e insulti sopra la testa nuda di mio figlio.

Dire che ero sbalordita è un eufemismo. Ma fu quando Christopher alzò la testa e mi guardò negli occhi che capii che niente di quel dramma era colpa sua. E quando fece un mezzo sorriso imbarazzato e alzò gli occhi al cielo, non fu come Cristoforo, ma come mio figlio. Fu tutto quello che servì per schiodarmi i piedi e precipitarmi avanti, decisa a porre fine a quel melodramma. Ma prima che potessi pronunciare una sola sillaba per rendere nota la mia presenza, Fanny strappò il lenzuolo dalla mano di Christopher e cominciò ad arrampicarsi sul letto, ordinando a suo marito di uscire dalla stanza, che non aveva più il suo permesso di fare da spettatore al suo rapporto con Cristoforo.

Sentii un tonfo dietro di me. Più tardi appresi che era Fran che, alla vista di Christopher in piedi in tutta la sua gloria prima che si portasse in fretta le mani all'inguine per coprirsi, svenne e cadde e Carlo non riuscì ad afferrarla. Nella mia rabbia, non mi rendevo conto di ciò che avveniva alle mie spalle. Tutto ciò che mi premeva era togliere Christopher dalla sceneggiata dei Fittleworth e quindi andai diritta da Fanny, e questo vi farà ridere, la afferrai per i capelli e la tirai giù dal letto, con lei che guaiva e senza poter fare altro che ciò che le dicevo, pena soffrire di più.

Con un improvviso voltafaccia, Fred venne in soccorso di sua moglie, ordinandomi di lasciarla andare, cosa che feci, ma non finché entrambi non furono ben lontani da mio figlio che, appena liberatosi dalla coppia, si affrettò ad avvolgersi il lenzuolo intorno al corpo, dal petto alle cosce.

Ero talmente furiosa che non ricordo esattamente che cosa dissi loro. Me lo raccontò più tardi Christopher. Che li avevo rimproverati per il loro comportamento disdicevole, minacciando di farli buttare entrambi nel canale e i loro bagagli con loro, se avessero osato rimettere piede nella stanza di mio figlio. Avevo detto veramente mio figlio, senza pensare se Christopher volesse o meno accettare pubblicamente quel legame. Anche se quel caro ragazzo mi assicurò che, viste le circostanze, era veramente contento che l'avessi fatto. Non è meraviglioso, Roxton, come noi genitori siamo così pronti a lanciarci in difesa dei nostri figli, non importa quanti anni abbiano? Dev'essere una risposta istintiva. Dissi anche ai Fittleworth che mio figlio (ed eccomi di nuovo!) meritava il loro rispetto e che dovevano trattarlo come il gentiluomo che era, come era sempre stato trattato dai membri dell'aristocrazia Toscana. E che se Fred desiderava restare console e avere dei buoni rapporti con le sue controparti italiane, lui e Fanny avrebbero fatto bene a dimenticare che quella notte fosse mai successa, non l'avrebbero menzionata ad anima viva, e che se avessi sentito un solo sussurro al riguardo, avrei personalmente scritto al conte De Nobili che avrebbe visto la loro mancanza di rispetto e i pettegolezzi come un affronto personale, a lui e a sua moglie, che avevano accordato a Christopher il più grande rispetto mentre lui viveva con loro come membro della loro casa. Poi li spedii a letto con la direttiva che al mattino avrebbero avuto il piacere di conoscere mio figlio Christopher.

Se ne andarono mogi, non prima di aver borbottato le loro scuse a Christopher e a me. Poi feci uscire tutti dalla stanza e quando Christopher e io restammo da soli, tutta la rabbia e l'oltraggio ebbero la meglio su di me e scoppiai in lacrime. E Christopher mi disse che non mi biasimava, che aveva voglia di piangere anche lui, e mi fece sentire immediatamente meglio.

La mattina seguente a colazione, Christopher mi diede spontaneamente la sua versione degli eventi della notte. Dormiva profondamente quando qualcosa, non sapeva cosa, lo aveva svegliato e quando si era seduto nel letto aveva trovato i Fittleworth una accanto all'altro che lo guardavano alla luce di una candela. Mezzo addormentato, si era chiesto se non stesse avendo un incubo. Che gli stessero sorridendo aveva rafforzato solo quell'idea. Poi Fanny era salita sul letto accanto a lui senza essere invitata, dicendo che voleva avvalersi dei suoi servizi e che era sicura che non gli sarebbe importato se suo marito restava come spettatore. Christopher era stato sul punto di disilludere entrambi, quando apparentemente Fanny aveva ricevuto il colpo più grande in vita sua, quando Fred aveva detto che non era venuto affatto per guardare, ma che aveva tutte le intenzioni di partecipare. Fanny, a quel punto, era rimasta sgomenta e la discussione era partita da lì.

Non ho bisogno di dirvi che se questa faccenda non avesse coinvolto Christopher, avrei trovato effettivamente molto divertente pensare che Fanny fosse sconvolta per il comportamento di Fred e che lui fosse sconvolto da quello di lei. E quando Christopher, che a quel punto era completamente sveglio e cercava di fare da intermediario tra marito e moglie, aveva detto enfaticamente che non era un corpo in affitto, in nessun ruolo, nessuno dei due gli aveva creduto ed era stata l'unica cosa su cui la coppia era stata d'accordo. E mentre continuavano a litigare, Christopher aveva rinunciato a ogni speranza di riconciliazione, sperando solo che la loro rabbia si esaurisse da sola, quando entrai io precipitosamente nella sua stanza, insieme al mio contingente di servitori, testimoni dello spettacolo.

Vi sorprende che i Fittleworth abbiano accorciato il loro soggiorno di una settimana e siano rimasti solo un giorno e una notte prima di tornare a Firenze? Dato che erano entrambi contriti e su quella notte non fu detta una parola, ci lasciammo in buoni rapporti e Fanny mi prese da parte e si scusò per il loro comportamento, aggiungendo che ero una donna estremamente fortunata ad avere un figlio così bello e amorevole. L'avrei creduta sincera, solo che ammiccò e mi sorrise in un modo che mi fa credere che lei sia ancora convinta che Christopher è il mio amante e che lo avevo chiamato figlio come stratagemma per allontanarli da lui. E sapete, Roxton, semplicemente non mi importa più. Mi sono riconciliata con mio figlio e se questo incidente ha fatto qualcosa, è stato avvicinarci. Tornerò in Inghilterra appena Christopher mi manderà a chiamare e le Fanny e i Fred non sono importanti per il mio futuro e per quello di Christopher.

Date tutto il mio amore ad Antonia, e se vedrete Fred quando passerete da Firenze, vi prego di essere discreto, anche se avete il mio permesso di tormentarlo in quel vostro modo che lo farà stare sulle spine, senza sapere esattamente perché.

Con tutto il mio affetto,
Kate

Lady Mary
Lettera 3

Sua grazia il nobilissimo [5°] duca di Roxton, Treat via Alston, Hampshire, a Kate, lady Paget, Brycecomb Hall via Stroud, Cotswold, Gloucestershire.

Treat
Febbraio 1772

Kate, mia cara amica, siete seduta sul letto o su una *dormeuse*? Qualunque cosa stiate facendo, dovunque stiate leggendo questa lettera, per favore sedetevi, perché ho delle notizie da darvi che vi sconvolgeranno. E non voglio che cadiate, o che crolliate facendovi male.

Sapete che cos'ho scoperto? Che non sono infallibile! State sicuramente ridendo di cuore, ma è vero e la cosa mi sconvolge. In effetti non sono così stupido da supporre di esserlo mai stato, ma ho cercato di convincermene, anche solo per poter allungare la mia esistenza terrena e restare qui con Antonia, e con i miei ragazzi, il più a lungo che fosse fisicamente possibile.

Kate, sto morendo. Ho il cancro. E non so quanto tempo mi resta. I miei medici possono solo fare ipotesi e azzardare previsioni. Alcune più cupe delle altre. Alcuni cercano di offrire speranza, quando non c'è. Tutti mi guardano preoccupati per i loro bei colli.

L'ho nascosto ad Antonia finché ne sono stato capace. Ma lei sapeva. Non diceva niente e andava avanti, come fa ancora adesso, come se io potessi vivere fino a novant'anni e oltre! Non che non creda che sia vero, solo non vuole accettare che io morirò. Vedete, e so che sbufferete incredula e divertita, lei mi ritiene infallibile. Lo ha sempre fatto. Io intendo restarlo per sempre, per quanto sarà umanamente possibile mantenere la mia dignità, tutto per lei.

Da quanti anni ci conosciamo? Trenta? Quaranta? Per una manciata di quegli anni siamo stati amanti, e farò sempre tesoro del tempo che abbiamo passato insieme, proprio come apprezzo la nostra amicizia. Antonia lo ha sempre saputo, non ho segreti con lei. Ironico per un uomo con il mio carattere, così riservato, chiuso e raramente dimostrativo in pubblico, non essere in grado di tenere per sé un singolo pensiero, né volerlo fare. Lei è accoccolata nella sua poltrona preferita mentre scrivo alla mia scrivania in biblioteca, sapendo che sto scrivendo a voi, che sto morendo lentamente, eppure non permette a me o alla famiglia di vedere che sta lentamente sgretolandosi dentro al pensiero che non invecchierà con me; che la lascerò molto prima che ciascuno dei due sia pronto a essere diviso dall'altro.

Quanto a voi, mia cara amica, sono tranquillo, e posso andarmene sapendo che vostro figlio si prenderà buona cura di voi. Mi fa un piacere inesprimibile che vi siate riconciliati, e che vi abbia mandato a chiamare per vivere con lui. So quanto sia stata incommensurabile la vostra perdita quando vi fu strappato, letteralmente, dal seno, ancora un lattante, e foste obbligata a tornare in società, lasciando a vostra sorella il compito di crescerlo.

E vi chiedo perdono per non aver completamente capito, in quel momento, il vostro dolore e la vostra perdita. Anche se avevo tentato di essere un buon ascoltatore, di confortarvi e offrire una distrazione, come vostro amante, e offrirvi una speranza per il futuro (non avevo forse predetto che un giorno vi sareste riunita con vostro figlio e che lui avrebbe saputo che in realtà eravate voi sua madre?). Non avevo veramente idea, fin quando non divenni padre anch'io, e tenni tra le mie mani quella preziosissima nuova vita, una vita che Antonia e io avevamo creato insieme, che cosa avrebbe significato farmelo strappare. Mi doleva il cuore e sentivo una fitta di dolore acuto mentre guardavo il mio bambino che prendeva il latte da sua madre, al pensiero che voi avevate dovuto rinunciare a vostro figlio a tre mesi di età. Kate, per favore, perdonate la mia mancanza di comprensione per la vostra perdita. Se potessi inchinarmi davanti a voi e baciarvi i piedi, lo farei.

Non scriverò nient'altro qui, ma lascerò le notizie e i pettegolezzi a un'altra lettera, più allegra. E, Kate, non parliamo più di questo cancro. Andiamo avanti come abbiamo sempre fatto, scrivendoci, scambiandoci pettegolezzi e ridendo della stupidità degli altri, mantenendo la facciata che faremo lo stesso tra dieci, venti, *nay*, trent'anni da ora. Credetemi, mi farà sentire mille volte meglio di quanto potrebbero fare le parole di conforto.

Scrivetemi e parlatemi del vostro figliolo, e della vita nelle Cotswold, e di come resiste la vostra vista. Comincerò un foglio e una lettera nuova e vi scriverò da padre e nonno affettuoso.

Fino ad allora,

come sempre, con affetto, il vostro amico,
Roxton

Lady Mary
Lettera 4

Charlotte, l'onorevole contessa di Strathsay, Residenza vedovile, Fitzstuart Hall, via Denham, Buckinghamshire, a Lady Mary Cavendish, Abbeywood via Bisley, Gloucestershire.

Residenza vedovile, Fitzstuart Hall, via Denham, Buckinghamshire
Settembre 1777

Cara Mary,

Non ho tue notizie da oltre due settimane. Ho ricevuto la tua lettera che mi informava del tuo ritorno da Treat ad Abbeywood e che mia nipote era tornata in buona salute. Ancora non capisco come tu sia potuta restare con Antonia mentre tua figlia era lasciata alle cure di quell'uomo che sir Gerald ha nominato suo tutore. È una disgrazia che non permetta a tua figlia di far visita ai suoi parenti. E non conta che non fosse in grado di partecipare al matrimonio di suo zio per via di un raffreddore di testa. Avrebbe potuto raggiungerti dopo il fatto, e non essere portata via di nuovo da lui in quel posto sperduto.

Senza dubbio Antonia ti avrà comunicato la sua sconvolgente notizia. Spero che tu sia riuscita a trattenere l'incredulità e abbia mostrato il giusto livello di decoro e non abbia, come invece probabilmente hai fatto, ecceduto in smancerie sulla sua condizione. Siamo tutti felici per lei, naturalmente. Ma non posso essere d'accordo. Va oltre la mia comprensione come una donna di quasi cinquant'anni voglia prendere parte a rapporti carnali, men che meno con un uomo voglioso di dieci anni più giovane di lei, che si aspetterà di esercitare i suoi diritti nel letto nuziale, se non ogni notte, almeno abbastanza spesso da farmi rivoltare lo stomaco per il ribrezzo. Aspettare un figlio alla sua età non è solo ridicolo, è imbarazzante all'estremo, oltre che pericoloso. Non avrebbe mai dovuto permettersi di restare incinta. Era stato più che scandaloso quando lei, una ragazza, aveva sposato un uomo abbastanza vecchio da essere suo padre, e ora fare l'esatto contrario e sposare un uomo di dieci anni più giovane di lei, è cercare guai. Ho sempre sostenuto, e non dubito che sia implicito tra i nostri parenti, che il motivo per cui il suo secondo figlio soffre di mal caduco è perché suo padre era un uomo anziano quando lui è stato concepito, e quindi il suo seme era troppo vecchio per dare ad Antonia un figlio sano.

Quindi capisci perché mi preoccupo che Antonia possa adesso essere troppo vecchia per dare al suo giovane marito l'erede di cui ha bisogno. C'è la preoccupazione che il parto non sarà facile per lei, ma la preoccupazione maggiore è che ci sono figli nati da madri anziane che non sono proprio giusti di testa. Meglio un bambino nato morto che con un impedimento simile. Ovviamente, se sarà quello il caso, non potrà ereditare e quella sarà la fine del ducato di Kinross. Più folle sua grazia per aver sposato una donna più grande, quando avrebbe dovuto cercare di sposarne una più giovane di lui di dieci anni se voleva avere la speranza di dare un erede al ducato. Ma quello non è un uomo comune, no?

Ti ha fatto pensare e provare risentimento che tua cugina a quasi cinquant'anni sia incinta, mentre tu, una donna di vent'anni più giovane, in effetti per la maggior parte del tuo matrimonio avevi dai vent'anni in su, sei solo stata capace di produrre un figlio in dieci anni, e una femmina per di più. Con la nascita di questo figlio, Antonia avrà fornito gli eredi a due ducati, non un'impresa da poco e una che solo lei, benedetta in tutto quello che fa, può realizzare. Grazie a Dio, il ducato di Roxton ha un nobiluomo affidabile e stabile nel sesto duca. Come una canaglia libidinosa e una ninfetta accondiscendente siano riusciti a produrre un simile erede, che ha un alto codice morale e un carattere solido, va al di là dei miei poteri di immaginazione. Ma lo hanno fatto, e buon per loro.

Ho quasi accettato la sposa di tuo fratello. La nuova lady Fitzstuart ha i suoi difetti, e non mi riferisco al fatto che sia storpia. Ancora non capisco e mi meraviglia come un giovane uomo vigoroso e bello come Alisdair, che avrebbe potuto sposare qualunque donna attirasse la sua attenzione, abbia posto le mire su una ragazza con un piede equino. La sua sposa è troppo fragile e delicata e mi chiedo se un simile fuscello sia in grado di restare incinta, men che meno dare alla luce figli sani. E deve farlo, perché il conte di Strathsay ha bisogno di un erede legittimo. E se lei non riuscirà a produrne uno, la colpa non sarà di tuo fratello, vero, dato che ha già prodotto un figlio. E anche se detesto doverlo ammettere, e non lo farò mai con lui o altri, vedere quel ragazzo al matrimonio mi ha ricordato Alisdair alla stessa età. Assomiglia tantissimo a suo padre, tanto che nessuno potrebbe negarne la paternità anche se mi piacerebbe, perché la correttezza pretende che non sia riconosciuto dalla società. Quindi perché Roxton abbia permesso a lui e ai suoi nonni, gente comune, di partecipare alla cerimonia ancora mi stupisce. Secondo me, non avrebbero dovuto permettere al ragazzo e i suoi nonni di entrare in chiesa, ma avrebbero dovuto farli aspettare all'esterno, con i servitori, al loro posto, e sarebbe stato perfettamente accettabile da tutti. E hai visto, al banchetto di nozze, come il ragazzo si sia sfacciatamente avvicinato alla sposa di tuo fratello, come se si conoscessero? Lei è stata molto gentile e ha gestito bene la situazione, il che dimostra la sua buona educazione, e la mancanza invece di buona educazione da parte del ragazzo.

Sarò più pronta ad accettare la mia nuova nuora quando resterà incinta e darà a tuo fratello un erede legittimo. E non dubito che lei, essendo la nipote di Shrewsbury, ci sorprenda tutti e possa già essere incinta. E devo ammettere che l'aspetto può ingannare, perché avrei pensato che una con la tua salute robusta e i fianchi larghi avrebbe dato alla luce cinque figli in dieci anni, non solo uno.

Parliamo di argomenti più piacevoli che non il tuo deludente stato di sterilità e la continua vedovanza, che è una preoccupazione costante per tua madre. Sei riuscita a parlare con Antonia o Roxton, riguardo a dei corteggiatori adatti? È ora che tu faccia uno sforzo serio di trovare un marito. Non puoi rimanere ad Abbeywood per sempre, non ti appartiene. Hai già poche prospettive così com'è, e le tue attrattive, per quello che sono, sbiadiranno a ogni anno che passa. Non puoi essere egoista e desiderare che questo stato di cose continui, se non altro per assicurare a tua figlia un futuro, se non per te. Non dirò altro su questa faccenda.

Riceverai questa lettera mentre sto facendo i preparativi per il mio soggiorno annuale a Cheltenham, per la mia salute. Nella tua ultima lettera non hai chiesto della mia salute, e presumo sia stata una svista da parte tua, e irrispettoso. Perché io chiedo sempre di te e Theodora e quindi sarebbe solo giusto e corretto che tu facessi lo stesso, in particolar modo perché sai che non sto mai molto bene in questo periodo dell'anno, con il cambio di stagione. I miei reumatismi sono peggiorati, ancor più con il trasferimento nella casa vedovile. È stato insensibile da parte di tuo fratello buttarmi fuori dalla mia casa così presto. Quindi resterò un po' più a lungo a Cheltenham per evitare le riparazioni e la ristrutturazione per rendere la casa vedovile il più confortevole possibile. La sposa di tuo fratello mi aveva offerto di restare nella casa principale, ma ho rifiutato. Dopo tutto, adesso è la sua casa, e non ho diritti su di essa o su ciò che contiene. Ho anche rifiutato qualunque cosa avesse un valore, anche se lei mi aveva gentilmente offerto di prendere qualunque cosa pensassi potesse rendere la casa vedovile più vivibile. Ma no. Non mi appartiene niente e quindi rinuncerò a tutto.

E prima che mi dimentichi, non ho bisogno che tu venga a Cheltenham quest'anno. Il fratello e la cognata di Lady Fitzstuart, lord e lady Grasby sono a Cheltenham per questioni di salute. Anche lei è incinta, quindi almeno Shrewsbury può aspettarsi di avere un erede che gli succeda. E dato che lady Fitzstuart andrà a trovare lady Grasby con suo nonno, si sono gentilmente offerti di fare una deviazione verso Abbeywood, anche se non so perché debbano voler visitare quella parte del mondo, e porteranno Theodora a Cheltenham, da me. Quindi, vedi, non c'è nessun bisogno, e, ne sono certa, posto nella loro carrozza, perché tu possa accompagnarla. Non ho bisogno di te, e Theodora, a dieci anni, è abbastanza grande da non averne bisogno nemmeno lei.

Mi aspetto una risposta a questa lettera a stretto giro di posta. E dato che hai ben poco con cui occupare il tuo tempo, l'aspetto molto presto, e con la notizia che Theodora non vede l'ora di venire a trovare sua nonna e che le hai chiarito perfettamente che verrà da sola e che sarà la sua nuova zia a portarla da me, e non tu.

Fammi sapere nella tua lettera come sta progredendo Theodora, nel portamento e con le lezioni di ballo.

Con l'amore di una madre,
Charlotte Strathsay

Lady Mary
Lettera 5

Sua grazia, il nobilissimo [6°] duca di Roxton, Treat via Alston, Hampshire, al signor Martin Ellicott, Esq., Moran House, Bath Road, Avon.

Treat
23 dicembre 1777

Caro Martin,

Mi auguro che abbiate già pronti i bagagli e che stiate solo aspettando che la mia carrozza venga a prendervi perché dopo aver letto questa breve lettera, sarete portato qui in tutta fretta per condividere la notizia più meravigliosa e i festeggiamenti.

Maman è entrata in travaglio prima di quanto ci aspettassimo, e la notte del solstizio d'inverno, di tutte le notti possibili, e ha dato alla luce una bambina. Ho una sorella! Madre e bambina stanno benissimo e, come potete immaginare, l'enorme preoccupazione che ho avuto per tutta la sua gravidanza è finalmente sparita. Perché non mi senta mai così con Deb, eccetto all'inizio dei dolori del parto, beh, devo ascriverlo all'ottima salute e alle gravidanze senza problemi di mia moglie. Cose per cui ringrazio Dio, perché sembra che siamo destinati ad avere una famiglia numerosa, e sta benissimo a entrambi.

Ma voi sapete, vero, *mon parrain*, più di chiunque altro al mondo, che le gravidanze di *maman* sono state tutt'altro che tranquille.

Come ci si poteva aspettare, Kinross è fuori di sé per la felicità e il sollievo di avere la sua duchessa fuori pericolo e di essere nuovamente padre. E dato che entrambi i genitori desideravano una figlia, hanno visto esaudito il loro più grande desiderio. Ed è un bene che Kinross sia un duca della nobiltà scozzese, perché la mia sorellina un giorno erediterà il titolo e sarà una duchessa per diritto proprio, dato che secondo le leggi scozzesi non è il figlio maschio maggiore ma 'gli eredi del mio corpo', quindi qualunque figlio, e non importa se sia maschio o femmina, che determina chi è l'erede di un nobiluomo scozzese. So che sarete felice come noi per questo risultato più che soddisfacente e giusto per la figlia di *maman*.

Quindi la mia sorellina comincia la sua vita con il gran titolo di marchesa di Leven, erede del ducato di Kinross, amatissima dai suoi ducali genitori, sorella di un duca inglese e anche del figlio di un duca. La sua vita è benedetta fin dall'inizio. È in ottima salute, piange con fervore, ha una testa piena di capelli scuri che mi ricorda Frederick alla nascita.

Anche se i suoi nipoti e nipotine non hanno ancora fatto la sua conoscenza, so che si innamoreranno di lei come i suoi genitori e i suoi fratelli.

La piccola lady Leven deve ancora ricevere i suoi nomi di battesimo, dato che *maman* e Kinross stanno ancora trattando tra di loro, ma spero che prima del vostro arrivo, e sicuramente prima che ci sia il battesimo, lei avrà una sfilza di bei nomi tutti suoi.

Mi fermerò qui, dato che non vedo l'ora che vi uniate a noi e incontriate il più recente membro della nostra famiglia.

Con affetto,
Julian
R baci

Lady Mary
Lettera 6

Evelyn Gaius Ffolkes, l'onorevole conte di Streatham Ely, a lady Mary Fitzstuart Cavendish.

[*Non datata ma si ritiene sia stata scritta un po' prima del dicembre 1777. Una nota manoscritta allegata alla pergamena piegata dice: consegnata di persona da sua grazia la duchessa di Kinross a sua cugina lady Mary Cavendish*]

Mia cara dolce Mary,

Sarai sempre il mio primo amore, e l'amore della mia vita. Lo sai vero? Ho avuto molte amanti. Una volta avevo perfino pensato di essere innamorato e avevo tentato di sposare di nascosto Deb, e questo prima che sapessi che era già sposata con Julian, e voglio bene anche a lei. E sono stato sposato per un po' con un'inoffensiva graziosa creatura che meritava di più e che morì cercando di darmi un figlio. Eppure, il mio cuore, quest'organo annerito ed emotivamente raggrinzito, se mai batte ancora, batte per te e lo farà sempre.

Non è cambiato niente da quando avevamo quattordici anni e abbiamo condiviso il nostro primo e unico bacio. Vorrei averti potuto salvare da un matrimonio senza amore con quel porco di Gerald. A parte non sposarti, il mio più grande rimpianto, per quanto riguarda te, è di non aver avuto il coraggio di porre fine alle tue sofferenze togliendo la vita a Gerald. Ho pensato tante volte a come lo avrei ucciso, eppure non ho mai fatto niente. Quando ne sarei stato capace, ero prigioniero in una terra lontana, impossibilitato a offrirti nient'altro che preghiere. Che Gerald si sia sparato e ucciso da solo è una fine adatta a un tale porco di uomo e, per quanto mi riguarda, avrebbe dovuto succedere prima. Forse, se fosse stato ancora in vita quando finalmente riebbi la mia libertà, avrei trovato un modo per porre fine alla sua miserabile vita e liberarti.

I miei pensieri ti sbalordiranno, ma non ti sorprenderanno, vero? Mi conosci da sempre e mi hai sempre perdonato per il mio egoismo, per la mia natura appassionata ed egocentrica, per la mia immoralità. So di essere la persona più egoista e immorale che *io* abbia mai incontrato. In breve, non sono una brava persona. A volte sono odioso. Non ho una coscienza e la mia moralità è dubbia. Non meraviglia che Shrewsbury mi abbia reclutato! Perché sono una spia eccellente, vero? Ho fatto cose orribili, e tutto sotto il pretesto di farlo per il re e la nazione. Cose che ti farebbero piangere e disperare per me. Ma la mia coscienza non si ribellava mentre le facevo e le rifarei ancora, se fosse necessario. È quindi un bene che non abbia una moglie o dei figli che piangano disperati per la mia depravazione. In verità, la morte di parto di Dominique è stata una benedizione per lei e nostro figlio.

L'unica cosa a mio favore è la musica. Pensare che posso comporre della musica così sublime da smuovere i sensi mi sgomenta. Che non possa più suonare ciò che compongo al pianoforte o con la mia viola con la mia solita brillantezza dopo aver perso parte delle dita a causa delle mie nefaste attività è una giusta punizione, no?

Ma sto mentendo. C'è un'altra cosa a mio favore. Il fatto che intenda rinunciare a te per un uomo migliore.

Avrei potuto fare di te una contessa, darti ciò che desidera il tuo cuore, e tu e io avremmo potuto volteggiare in società con le nostre sete e i nostri profumi, e tutti sarebbero rimasti incantati e saremmo stati felici, per un po'. Ma tu meriti più di ciò che io posso darti. Meriti un uomo degno di te. E quindi sposerai il tuo bello Squire e sarai beatamente felice, mia carissima Mary.

Christopher Bryce è tutto ciò che io non sono. L'unica cosa che abbiamo in comune è che ti amiamo, corpo e anima. Lui è sincero, retto, coraggioso, veritiero e onorevole e so che ti ama con tutto il cuore. Non ti permetterei di sposare un uomo non all'altezza. Sarà per te un marito eccellente e un padre esemplare per tua figlia Theodora, e per i figli che gli darai. E gli darai dei figli, ne sono convinto. Vi meritate l'un l'altro e vi auguro tanta felicità.

Per favore, carissima Mary, non piangere, non preoccuparti per me, e non pensare affatto a me. Vivi la tua vita con il tuo Squire. Accendi una candela il giorno del mio compleanno, se lo desideri, ma è tutto ciò che devi fare. Io vivrò la mia vita come meglio potrò e nel modo egoista in cui l'ho vissuta per tanti anni che ora è l'unico modo in cui so, o voglio vivere. C'è stato un momento di pazzia, in cui avevo pensato di potermi sistemare, di vivere come te, come fanno i miei pari. Ma così non sarà. Non pensare che dimentichi te o la mia famiglia. Ma continuerò a interessarmene da lontano. Ci rivedremo? Certo, mia cara. Ma non so dirti quando o in quali circostanze. Spero che succeda prima che sia vecchio e curvo e inutile per tutti quanti.

Porgi i miei saluti a Silvanus (il tuo Squire saprà che cosa intendo dire, e che lo dico con affetto).

Ti bacio le dita e l'amore che ho da dare è tuo, sempre.
Eve

Lady Mary
Lettera 7

Il signor Christopher Bryce, Brycecomb Hall via Stroud, Gloucestershire, a sua grazia il nobilissimo [6°] duca di Roxton, Treat via Alston, Hampshire.

Brycecomb Hall via Stroud, Gloucestershire
8 luglio 1778

Mio caro duca – Roxton,

Lady Mary ha dato alla luce mio figlio ed erede. Un breve annuncio che non riesce in nessun modo a esprimere come mi sento in questo momento e come senza dubbio continuerò a sentirmi per il prevedibile futuro. Non mi ero mai aspettato, anche se lo avevo sempre sperato, di diventare padre, esattamente come non mi ero mai aspettato, ma avevo sognato, di sposare un giorno vostra cugina. Che i due sogni si siano realizzati mi lascia stordito come il giorno in cui mi avete stretto la mano e mi avete dato il benvenuto nella famiglia, riconoscendomi come parente della vostra carissima moglie. Sembra sia successo una vita fa, ma sono passati meno di dodici mesi. E se posso essere così sfacciato, vorrei aggiungere che da quella prima visita a Treat ho imparato a conoscervi meglio (in effetti non vi conoscevo realmente prima, vero?), quindi sembra, almeno a me, che siamo amici da sempre. Spero che lo sentiate anche voi.

Perdonatemi. Ho dormito poco negli ultimi tre giorni, da quando mio figlio è venuto al mondo, quindi non dubito di stare sprecando inchiostro mettendo nero su bianco i vaneggiamenti che mi passano per la testa. So che le mie notizie non sono una novità per voi, perché ho inviato una breve missiva a sua grazia vostra madre annunciando il nuovo arrivato poche ore dopo la nascita. Eppure volevo scrivervi in privato, con un'altra lettera, per condividere i miei pensieri, come padre novello, con chi ha così generosamente condiviso la sua saggezza con me sul fatto di diventare padre e, cosa più importante, su come mi dovevo comportare durante il travaglio di mia moglie, nel caso mi avesse voluto con lei in quel momento.

Mi ha veramente voluto con lei, riempiendomi con un misto di sollievo e terrore. Ma sono fiero di riferire che sono rimasto accanto alla mia carissima Mary per tutta la sua dura prova, seguendo alla lettera il vostro consiglio. E grazie alle vostre sagge parole, sono riuscito a tenere la bocca chiusa finché mi si chiedeva di parlare, accettando in silenzio la violenza verbale che mia moglie mi scagliava contro quando il dolore era al culmine e offrendo incoraggiamenti quando era sicuro farlo.

Non mi perito di dirvelo, e forse questo atteggiamento cambierà col tempo, ma non penso di riuscire a sopportare un altro episodio traumatico con lo stesso stoicismo. Sono un codardo, quando si tratta di vedere la mia carissima Mary soffrire tanto. Ma che esseri possenti sono le femmine per essere capaci di sopportare il dolore e il tormento di un parto per darci una nuova vita. Ho pianto? Decisamente sì. E lo dico solo a voi perché voi siete stato generoso nel confidarmi che lo avevate fatto alla nascita di tutti i vostri figli.

Grazie per aver condiviso con me la vostra esperienza e le vostre confidenze. E posso essere io il primo a congratularmi per il vostro sospetto (che, ne sono certo, oramai è stato confermato) che diventerete padre per la sesta volta nel nuovo anno. Aspetterò la lettera della vostra cara moglie a Mary prima di mostrarmi debitamente sorpreso nell'apprendere la notizia.

Per dirvi qualcosa riguardo al bambino, lui ha ereditato i colori spettacolari di sua madre. È un tratto di famiglia, vero?, visto che vostro figlio lord Augustus ha una testa di riccioli rossi e Mary dice che sua nonna (che è anche la nonna della vostra cara madre) era famosa per i suoi capelli rossi. E anche se non c'erano ritratti della contessa di Strathsay a Treat che potesse mostrarmi, ce n'è uno appeso a Fitzstuart Hall che mi accerterò di cercare quando andremo in visita.

Se tutto andrà bene con Mary e il bambino, abbiamo intenzione di andare nello Buckinghamshire alla fine dell'estate per passare un mese a Fitzstuart Hall come ospiti di lord e lady Fitzstuart, in modo che le nostre famiglie possano conoscersi meglio e potremo incontrare per la prima volta i loro due gemelli. Lo sto dicendo perché lady Fitzstuart ha scritto a Mary che mentre il maschietto ha una testa di capelli neri proprio come suo padre, la bambina ha i capelli chiari che potrebbero proprio avere una sfumatura di rosso. Una notizia simile è stata musica per le orecchie di Teddy che è decisa a dar vita al suo club tra i parenti, e il prezzo per l'ammissione sarà, lo avrete indovinato, possedere una testa di capelli rossi, o una sfumatura di quel colore. Credo che due membri della vostra prole riceveranno un'immediata ammissione.

Potete immaginare la reazione di Teddy quando ha saputo che il suo fratellino ha una chioma di capelli rossi. Era più eccitata per questo che per il fatto di avere un fratello, che era la cosa che desiderava di più perché potrà insegnargli ad arrampicarsi sugli alberi e a cavalcare un pony, cosicché, come dice lei 'David e io potremo andarcene a spasso come vogliamo'! Vi ha fatto sorridere come è successo a me, vostra grazia?

Vi lascerò a scuotere la testa davanti alle esuberanti dichiarazioni di vostra nipote per tornare al fianco di mia moglie, dove spero di poter prendere in braccio il mio figlioletto e fissare, stupito e soddisfatto, come penso facciano tutti i novelli padri, il miracolo della vita.

Vostro e sinceramente,
Christopher C. Bryce

PS. Avevate chiesto della resa in lana di un 'leone delle Cotswold' e della possibilità di incrociare una di queste pecore con un ariete Border Leicester, nella speranza di migliorarne la qualità. Rifletterò su quest'ultimo punto e vi scriverò di questo e degli altri argomenti che avete sollevato in una lettera a parte. Quanto alla prima domanda, una pecora può produrre un vello annuale di circa cinque chili e mezzo di lana bianca. Come vedete, la paternità non mi ha completamente ridotto il cervello in pappa… per ora!

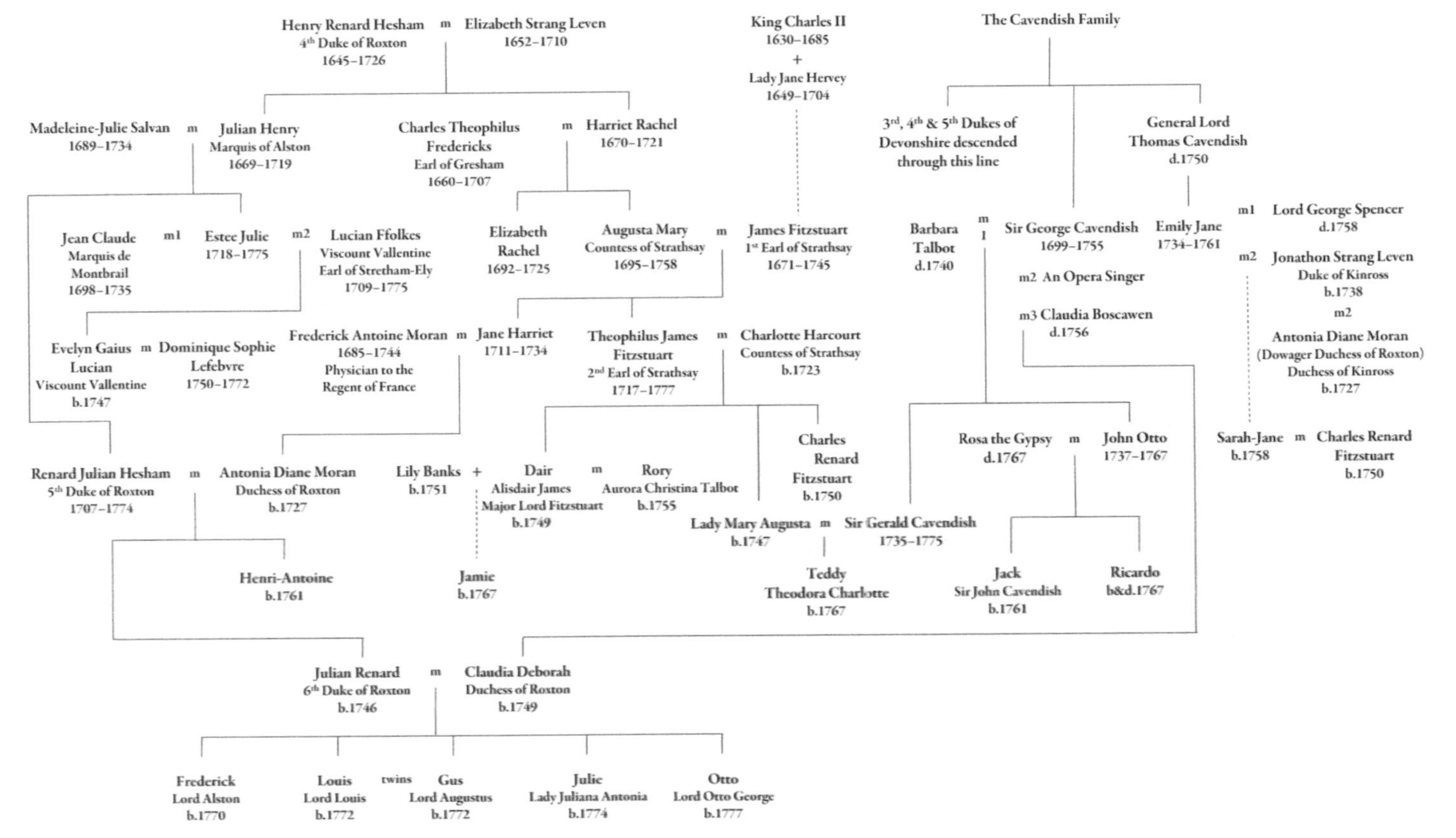

Henry Renard Hesham m Elizabeth Strang Leven
4th Duke of Roxton
1645–1726
1652–1710
King Charles II
1630–1685
+
Lady Jane Hervey
1649–1704
The Cavendish Family
Madeleine-Julie Salvan m Julian Henry
1689–1734
Marquis of Alston
1669–1719
Charles Theophilus Fredericks
Earl of Gresham
1660–1707
m Harriet Rachel
1670–1721
3rd, 4th & 5th Dukes of Devonshire descended through this line
General Lord Thomas Cavendish
d.1750
Jean Claude
Marquis de Montbrail
1698–1735
m1 Estee Julie m2 Lucian Ffolkes
1718–1775
Viscount Vallentine
Earl of Stretham-Ely
1709–1775
Elizabeth Rachel
1692–1725
Augusta Mary
Countess of Strathsay
1695–1758
m James Fitzstuart
1st Earl of Strathsay
1671–1745
Barbara Talbot
d.1740
m1 Sir George Cavendish
1699–1755
m2 An Opera Singer
m3 Claudia Boscawen
d.1756
Emily Jane
1734–1761
m1 Lord George Spencer
d.1758
m2 Jonathon Strang Leven
Duke of Kinross
b.1738
m2
Antonia Diane Moran
(Dowager Duchess of Roxton)
Duchess of Kinross
b.1727
Evelyn Gaius Lucian m Dominique Sophie Lefebvre
Viscount Vallentine
b.1747
1750–1772
Frederick Antoine Moran m Jane Harriet
1685–1744
Physician to the Regent of France
1711–1734
Theophilus James Fitzstuart m Charlotte Harcourt
2nd Earl of Strathsay
1717–1777
Countess of Strathsay
b.1723
Charles Renard Fitzstuart
b.1750
Rosa the Gypsy m John Otto
d.1767
1737–1767
Sarah-Jane m Charles Renard Fitzstuart
b.1758
b.1750
Renard Julian Hesham m Antonia Diane Moran
5th Duke of Roxton
1707–1774
Duchess of Roxton
b.1727
Lily Banks + Dair m Rory
b.1751
Alisdair James
Major Lord Fitzstuart
b.1749
Aurora Christina Talbot
b.1755
Lady Mary Augusta m Sir Gerald Cavendish
b.1747
1735–1775
Henri-Antoine
b.1761
Jamie
b.1767
Teddy
Theodora Charlotte
b.1767
Jack
Sir John Cavendish
b.1761
Ricardo
b&d.1767
Julian Renard m Claudia Deborah
6th Duke of Roxton
b.1746
Duchess of Roxton
b.1749
Frederick
Lord Alston
b.1770
Louis twins Gus
Lord Louis
b.1772
Lord Augustus
b.1772
Julie
Lady Juliana Antonia
b.1774
Otto
Lord Otto George
b.1777

LE LETTERE DI ‘IL FIGLIO DEL SATIRO’

Il Figlio del Satiro
Lettera i

Sua grazia il nobilissimo [5°] duca di Roxton a Lord Henri-Antoine Hesham.

Si ritiene sia stata scritta nel dicembre 1772 e consegnata al figlio dodicenne di sua grazia alla morte del duca all'inizio del 1774.

Mio carissimo ragazzo, figlio mio,

Con mio immenso rammarico, non vivrò fino a vederti crescere e diventare il giovane gentiluomo che so già che sei. Non avrei mai voluto lasciarti. Non avrei mai voluto passare un giorno lontano da te. E non ho mai rimpianto un singolo momento con te, a proteggerti, e a essere al tuo fianco quando avevi bisogno che fossi lì.

Maman e io abbiamo aspettato molti anni il tuo arrivo e quando sei finalmente arrivato eravamo felici oltre ogni dire. Ci hai dato una tale gioia. Eri così desiderato e amato. Per favore, non dimenticarlo mai.

Avrei voluto riuscire ad aggrapparmi alla vita ancora per un po', per curarti, proteggerti e vegliare su di te, e per aiutarti a capire meglio che nella vita di tutti, dallo spazzino a sua maestà, arriva il momento in cui si deve passare da questa esistenza alla prossima, per essere ricevuti nel regno dei cieli. Ma farlo significa lasciare le persone che amiamo (lasciare te) a continuare a vivere senza di noi.

Perdona il tuo papà per un momento mentre indossa la sua coroncina ducale dall'oltretomba per dare a te, suo figlio, quattro massime: cerca sempre di controllare le tue emozioni quando sei sotto il pubblico sguardo. L'amore e le risate sono riservati a pochi privilegiati. L'arroganza è prerogativa dei nobili; ma un vero gentiluomo sceglie di essere umile quando le circostanze lo richiedono. Non dimenticare mai che sei mio figlio: gli altri non lo faranno.

Sto ridendo mentre scrivo queste parole, perché sono sicuro che starai sbuffando e sospirando e che vorresti lamentarti con il tuo caro papà, dicendo che conosci bene queste massime e che non le hai dimenticate, e non è probabile che le dimentichi perché te le ho ripetute abbastanza spesso, in particolare prima delle nostre visite a Versailles. E sì, hai sempre reso *maman* e me molto fieri. *Alors*! Basta con le prediche paterne.

Anche se ho un ultimo favore da chiederti ed è che tu abbia sempre questo pensiero in testa: niente di ciò che succede intorno a te, la mia morte, il dolore di *maman*, la tristezza di Julian, è colpa tua.

Non ti ho forse ripetuto molte volte che la mia malattia non ha niente a che vedere con te? E devi crederlo, perché è la verità. Ed è anche vero che la tua vita, la vita che conoscevi quando il tuo papà stava bene, non sarà mai più la stessa. Sarai triste per moltissimo tempo. Ed è normale. E, per un lunghissimo periodo, *maman* e Julian non saranno gli stessi. È perfettamente accettabile spargere qualche lacrima e chiedersi se il mondo non è impazzito.

Ma ti prometto che man mano che passeranno gli anni e tu diventerai alto e forte, la vita tornerà a una sembianza di normalità e tu e Jack (che è il miglior amico che tu potessi mai avere) tornerete a essere spensierati a e vivere la vita nella sua pienezza.

È ciò che devi fare, per me, per *maman*, per Julian, per Jack e, soprattutto, per te stesso. Vivi e goditi la vita. So che non mi dimenticherai mai, che non sarò mai lontano dai tuoi pensieri e che ci saranno delle volte, momenti di tranquillità e momenti di calma, in cui sentirai il peso opprimente della tristezza sul petto. Singhiozzerai finché ti farà male respirare e ti chiederai perché la vita è stata tanto crudele da portarti via troppo presto il tuo affezionatissimo papà.

E come è possibile che il tuo papà sappia com'è sentirsi abbandonati e soli, come alla deriva, vagando senza direzione in un mare in tempesta, con tutto attorno a te che sembra un vasto e scuro oceano, e tutto perché il tuo papà non è lì al tuo fianco per guidarti verso un porto sicuro?

Lo so perché avevo la tua età quando persi il mio caro padre e nella più tragica delle circostanze. Fui io ad andare alla deriva in quel vasto e scuro oceano. E anche se le circostanze della sua morte sono diverse, l'esperienza non fu meno straziante e sotto alcuni aspetti (e forse non vorrai crederlo perché com'è possibile che possa esistere un dolore più grande del tuo?) fu molto peggiore, a causa di ciò che successe dopo la sua morte.

Quindi desidero condividere con te quest'esperienza raccontandoti un'ultima storia. Come avrebbe potuto tuo padre lasciarti senza un'ultima storia da raccontare? Eri un ascoltatore e un pubblico eccellente per le storie fantastiche della gioventù sprecata di tuo padre, che fossero raccontate in inglese o in francese. Quelle ore con te sul divano mentre ti riprendevi mi davano il tempo e l'opportunità di ricordare le mie molte avventure, e riflettere sulla mia vita, e ti ringrazio per quell'opportunità.

Quindi permetti al tuo caro papà di raccontarti di quando aveva dodici anni.

Per questa storia, mi chiamerò Renard, che è il nome che mi diedero i miei genitori e il nome con cui mi chiama *maman* quando siamo in privato. Sarà più facile per me riandare a quegli eventi traumatici, perché, nonostante tuo fratello e Martin conoscano questo episodio, ho condiviso i miei pensieri e i dettagli più intimi solo con la tua *maman*. Ora voglio confidarli a te. Spero anche che quando sarai più grande, forse tra molti anni, quando questa lettera ti capiterà in mano, rileggerai questa storia e potrai capire meglio, e quindi apprezzare, il motivo per cui te l'ho confidata.

La storia comincia oltre mezzo secolo fa, a Parigi, nel nostro *hôtel* in Rue St. Honoré. Qui Renard viveva da ragazzo con i suoi genitori e una sorellina. Sotto altri aspetti, era come la nostra famiglia. Genitori che si amavano con un figlio che era stato figlio unico per molti anni prima che arrivasse la sorpresa di una sorella. E con l'arrivo della bambina, vennero in casa molti visitatori che portavano doni e tubavano sulla bambina. C'erano feste e ricevimenti a casa, e gite in campagna per portare la bambina a visitare i parenti più anziani.

Renard voleva bene alla sorellina, ma era anche irritato che lei si accaparrasse tanto del tempo dei suoi genitori e l'attenzione di quegli importanti parenti. Il suo papà se ne rese conto e volle fare ammenda. Quindi un giorno, quando la sua sorellina aveva circa nove mesi, il suo papà offrì a Renard di accompagnarlo a una caccia, della durata di una settimana, nelle foreste di St. Germain. Ma la mamma di Renard non ne volle sapere, dicendo che la caccia era troppo pericolosa e non era il posto per un ragazzo. Il papà di Renard aveva perso la ragione? Aveva un solo figlio ed erede. Era già tanto che dovesse preoccuparsi che suo marito stesse rischiando il collo, senza che lo rischiasse anche suo figlio.

Per quanto forte e a lungo Renard implorasse di poter accompagnare il suo papà, sua madre non cambiò idea. Renard disse che se gli voleva veramente bene, suo padre lo avrebbe portato con sé, nonostante le obiezioni di sua madre. Ma suo padre non cedette e disse a Renard che restare a casa con sua madre e la sorellina era la cosa migliore da fare; non era forse lui l'uomo di casa quando papà non c'era? Doveva prendersi cura della sua famiglia fino al ritorno di suo padre.

Renard non si lasciò convincere e dichiarò che suo padre non gli voleva bene. E per buona misura aggiunse che odiava allo stesso modo entrambi i genitori. Renard avrebbe rimpianto quelle parole per il resto della sua vita.

Da una finestra in alto nell'*hôtel*, Renard osservò l'attività nel cortile della scuderia mentre suo padre e i suoi uomini si preparavano. Gli stallieri prepararono i cavalli e fu caricata una carrozza con servitori e i rifornimenti per accompagnare il loro padrone nell'avventura che sarebbe durata una settimana. Vide sua madre uscire per salutare suo padre e suo padre dare a lei e alla sorellina un bacio per salutarle. Poi suo padre alzò gli occhi verso la finestra con un sorriso, agitando la mano. Ma Renard era così imbarazzato al pensiero che suo padre sapesse che era rimasto lì tutto il tempo che si allontanò in fretta, senza salutare. E quando si precipitò di nuovo alla finestra, rimpiangendo la propria petulanza, suo padre e i suoi uomini erano già sotto l'arcata e non più in vista.

Fu l'ultima volta che Renard vide suo padre vivo.

Il padre di Renard morì durante la caccia, cadendo da cavallo e rompendosi il collo. Fu una morte rapida, indolore e se n'era andato, così, in un batter d'occhi, lasciandosi dietro una giovane moglie inconsolabile, un figlio dodicenne e una bambina piccola. E adesso Renard, a dodici anni, era il capo della sua famiglia e sua madre e la sorellina erano responsabilità sua. Ma non ebbe la possibilità di esercitare quella maturità appena trovata, perché solo tre mesi dopo la morte di suo padre, mentre la famiglia era ancora in lutto, degli sconosciuti arrivarono all'*hotel* nel cuore della notte per portar via Renard, a vivere con suo nonno nella lontana Inghilterra.

La madre di Renard, la sua famiglia francese e i loro avvocati erano impotenti e non riuscirono a impedirlo. Con la morte di suo padre, ora Renard era l'erede del ducato inglese di suo nonno. Ed essendo l'erede del ducato, il nonno aveva dei diritti su di lui. Renard non aveva mai incontrato il vecchio, parlava molto poco l'inglese e non aveva mai visitato il paese natio di suo padre. Ma, ed era la cosa più importante, non si era mai allontanato da sua madre.

Questo non significava niente per gli estranei che erano venuti dall'Inghilterra a prenderlo. Renard fu portato via a forza dalla sua casa, in effetti strappato dalle braccia di sua madre. I servitori si disperarono e sua madre ululò come un animale ferito mentre suo figlio veniva portato via e caricato su una carrozza. Renard scalciò e urlò e fece tutto quello che poteva per liberarsi dai suoi carcerieri, senza risultato. Si dimenò in carrozza, deciso a scappare, e quando non riuscirono a fermare quell'isteria e a calmarlo con le parole, quegli uomini si lanciarono addosso a lui, un ragazzino minuto, e lo picchiarono finché rimase fermo. Poi lo legarono cosicché non potesse muoversi del tutto, con uno straccio tra i denti e legato intorno alla testa perché non potesse emettere un suono. Terrorizzato, Renard se la fece addosso e si vergognò tanto per aver perso il controllo della sua dignità che svenne. Quando si svegliò, scoprì di non avere più lacrime da piangere e cadde in un torpore dal quale non si riebbe più completamente.

Con suo padre morto e separato da sua madre e dalla sorellina, Renard non fu più circondato dall'amore e protetto in un posto caldo e felice. Fu obbligato a vivere con il suo vecchio nonno, il quarto duca di Roxton, che era un uomo freddo, amaro, non abituato alla compagnia dei bambini. Quel vecchio era un estraneo e Renard lo odiava. Ma era abbastanza furbo da rendersi conto che doveva solo aspettare, perché non potevano passare molti anni prima che suo nonno morisse, e poi lui sarebbe diventato un duca e nessuno avrebbe più potuto dirgli che cosa fare. E quando fosse diventato duca, sarebbe tornato in Francia, dalla sua famiglia e non l'avrebbe più lasciata.

Renard tenne dentro di sé il suo dolore ma, facendolo, rinchiuse il suo cuore e l'amore che aveva da dare. Ma dato che non c'era nessuno a ricevere quell'amore, o a darglielo, fu facile adattarsi. Mentalmente, mise il cuore in un barattolo e lo chiuse in un armadietto in fondo a sé.

Il vecchio duca visse per altri sette lunghi anni e durante quegli anni a Renard fu proibito di parlare o scrivere in francese e di avere contatti con sua madre. Il vecchio duca voleva cha il nipote fosse un inglese, che dimenticasse suo padre e la sua *maman* francese e dimenticasse la vita vissuta a Parigi. Renard fu mandato a Eton e Oxford e quando ereditò il ducato, appena dopo il suo diciannovesimo compleanno, era in tutto e per tutto un duca inglese, di cui il suo vecchio nonno poteva essere fiero.

Ti starai chiedendo come era stato possibile che Renard avesse dimenticato il suo passato francese, la madre che lo aveva amato e la vita che aveva vissuto a Parigi con i suoi genitori, ma vedi, mio carissimo ragazzo, senza amore, senza il calore dei suoi genitori e con la perdita del suo caro papà, qualcosa di Renard, tuo padre, morì dentro di lui.

E quando divenni duca così giovane, decisi che non avevo più bisogno del cuore che avevo messo da parte in quel barattolo in un armadietto chiuso in fondo a me, perché avere un cuore mi aveva causato solo grande tristezza.

Vissi in questo modo, senza amore e senza un cuore per quasi due decenni. Fu la tua *maman* che trovò quell'armadietto e lo aprì, e fu lei che trovò quel barattolo con dentro il mio cuore e lo liberò. Furono il suo amore e il fatto che credesse in me che fecero nuovamente battere il mio cuore con l'amore. E da quel giorno, mi sono sempre chiesto come avessi potuto vivere senza per tanta parte della mia vita.

Il tuo caro papà ti sta raccontando questa storia, mio caro ragazzo, non perché tu sia triste per lui, ma perché sa che vivere senza amore equivale a non vivere. Era sbagliato tenere il mio cuore in un barattolo. Era sbagliato perdere la speranza e disperarmi. È meglio aver amato e sentire la mancanza che non aver amato affatto. Piangerai la mia perdita e dovrai sentire la mia mancanza, in modo che un giorno nel futuro, quando troverai l'amore della tua vita, potrai amare e conoscere la grande felicità e accettare liberamente l'amore di un'altra. Devi fare anche questo, per la tua *maman*, che ti ama moltissimo e che, dopo un periodo di lutto, sarà lì per te, sempre.

Ti prometto che un giorno, non oggi e nemmeno domani, ma un giorno, quando sarai un giovanotto, tutto questo passerà. Fidati di tuo padre.

Ti ho anche raccontato la storia del giovane Renard in modo da potermi scusare con te, perché ti sto lasciando, proprio come mio padre lasciò me. Anche se mio padre non ebbe il lusso di dire addio. So che quando arriverà il giorno in cui dovrò infine lasciarti, tu sarai molto più preparato di quanto lo fossi io. E nessuno ti strapperà da tua madre, da tuo fratello e dalla tua famiglia. Li avrai sempre. Avrai sempre una casa qui a Treat. E sarai sempre circondato da gente che ti ama e che tiene a te. Te lo prometto solennemente e ti do la mia parola.

Non ti devi preoccupare se hai sparso qualche lacrima leggendo questa lettera, o perfino se sarai così arrabbiato con me per averti lasciato da accartocciare i fogli e gettarli nel fuoco. Fallo, se ti farà sentire meglio. Questa è una copia dell'originale che ho lasciato a tuo fratello, perché la tenga al sicuro. Julian ha l'incarico di darti gli originali di tutte le mie lettere quando compirai ventun anni.

Il tuo papà adesso deve riposare. E ho scritto abbastanza in questa lettera da sperare che ti dia un po' di conforto, e per farti sapere che non è l'ultima volta che avrai notizie del tuo papà! Avrà altro da dire nella prossima epistola.

Fino ad allora, lui resta, lui resterà sempre, il tuo carissimo papà che ti vuole bene.

R

Il Figlio del Satiro
Lettera 2

Sua grazia il nobilissimo [5°] duca di Roxton, a lord Henri-Antoine Hesham, al raggiungimento della sua maggiore età.

[*Si ritiene sia stata scritta nel dicembre del 1772, prima della morte di sua grazia all'inizio del 1774 e custodita dal suo successore, fratello di sua signoria e poi consegnatagli il giorno del suo ventunesimo compleanno; sigillo rotto nel 1782.*]

Mio carissimo ragazzo,

Congratulazioni per la tua maggiore età.

Ricordo la tua nascita come se fosse ieri, quanto ti tenni tra le braccia la prima volta, e la tua *maman* e io eravamo così felici e sopraffatti nel dare il benvenuto nelle nostre vite a un altro figlio.

E quindi sono fin troppo felice di condividere con te questo anniversario così speciale, con questa lettera.

Il tuo carissimo papà ti scrisse molti anni fa che non sarebbe stata l'ultima volta che lo sentivi, ed eccomi qui con te per un breve momento. Potrò non essere in grado di abbracciarti e baciarti, ma sappi che sono senza alcun dubbio con te.

Ma non ti scrivo dall'oltretomba per sconvolgerti, o per sollevare i ricordi dolorosi della mia morte, ma nella speranza che gli anni passati da quando il tuo caro papà ha dovuto lasciarti, con estrema riluttanza, tu abbia vissuto bene la tua vita, e sia stato felice. Non dubito che tu sia cresciuto e diventato un ottimo gentiluomo di cui posso essere fiero.

Sono certo che tu e Jack abbiate passato qualche anno a Oxford e ora stiate programmando il vostro tour del continente, o forse siate già partiti. Avrete le avventure più magnifiche e riporterete a casa tanti ricordi e, spero, una collezione di opere d'arte e curiosità degne di abbellire le pareti e le vetrinette delle tue stanze.

Ho discusso il tuo ventunesimo compleanno con tuo fratello, e siamo rimasti d'accordo che in questo giorno Julian ti avrebbe consegnato le chiavi del tuo appartamento a Treat. Era una cosa che entrambi volevamo per te ed era in programma fin da quando mi sono ammalato; un architetto ha avuto il compito di rinnovare una parte dell'ala est per permetterti di avere un appartamento tutto tuo. Spero che sarai contento del risultato. Desideravamo che avessi un alloggio autonomo, secondo il sistema francese, in modo che potessi andare e venire a tuo piacimento e vivere a modo tuo sotto il tuo proprio tetto. E anche se ho sempre desiderato che tu avessi una casa a Treat, devo dirti che alla fine la decisione doveva essere di tuo fratello, come sesto duca, di permetterti il favore di avere una residenza all'interno della casa sua e dei suoi figli. Non avrei potuto sperare che tu avessi un fratello più amorevole e generoso. Sapere che questi piani erano già in corso prima della mia malattia e che tu avresti sempre avuto un posto da chiamare tuo all'interno della casa della tua infanzia, è stato essenziale nell'alleviare le mie preoccupazioni per il tuo futuro.

È del tuo futuro che desidero parlare in questa lettera. E mi perdonerai se la menziono, ma devo, perché la tua malattia sarà sempre una parte importante di te. So che anche oggi governa molte delle tue scelte quotidiane, e per quanto tu o io o la tua *maman* o tuo fratello desideri che non sia così, così è, e non può essere ignorata. E quindi dobbiamo affrontarla come meglio possiamo. Sono sicuro che è quello che stai facendo, e con forza d'animo e spirito di sopportazione.

Fin da quando eri piccolo, la tua *maman* e io sapevamo che eri speciale, e che non saresti mai stato come gli altri ragazzi. Il mal caduco ti preclude la possibilità di scegliere le opportunità normalmente aperte ai figli che non erediteranno il titolo del padre. Non fanno per te una carriera militare e sicuramente non la chiesa; e la legge e la politica non ti si adatterebbero, non perché non ti ritenga intelligente, perché sai che non è così, ma semplicemente perché queste professioni richiedono che tu stia sotto il pubblico sguardo. Non lo augurerei a nessuno che abbia un carattere timido, men che meno a qualcuno debilitato dal mal caduco.

E confido che negli anni tu abbia organizzato la tua vita nel modo che ti si confà, trattando la tua afflizione come un inconveniente insignificante che richiede un adattamento, invece di vivere la tua vita come suo schiavo. E anche se sarà sempre con te, non puoi permetterle di consumarti. Dovrebbe sempre essere un rompicapo degno di essere risolto, e non un peso che devi portare sulle spalle.

E dato che sei speciale e non potrai seguire le vocazioni normalmente aperte ai figli cadetti, sei nell'invidiabile condizione di non dover seguire le orme di nessuno, né rispettarne le aspettative. Ma mi rendo anche conto che ciò ti lascia alla deriva. Il tuo papà ti guiderà in un porto sicuro, ma, facendolo, ti complicherà la vita informandoti che ora, il giorno del tuo ventunesimo compleanno, entrerai in possesso di una vasta eredità.

Avevo sperato di essere qui questo giorno, che ho cominciato a programmare il giorno del tuo quarto compleanno, quando divenne chiaro che non avresti mai vissuto una vita libero dalle crisi epilettiche. Ogni anno da allora, ho accantonato una parte dei miei introiti annuali, destinandola alla tua eredità. Questa parte è poi stata investita nei fondi, e continuerò a fare questi depositi finché tuo fratello erediterà il titolo. Ho fatto i miei conti e con otto anni di ricchezza accumulata e investita fino a quando compirai ventun'anni, penso che oggi, il giorno del tuo ventunesimo compleanno, la tua eredità assommi a un po' più di centomila sterline. 100.000 £. L'ho scritto anche in cifre, nel caso in cui pensi che il tuo carissimo papà soffrisse di senilità e abbia aggiunto quel cento per caso.

Congratulazioni. Ora sei un giovane uomo eccezionalmente ricco. Non ci sono condizioni o stipule, o supervisori, per questa ricchezza. È tutta tua da questo giorno, per farne ciò che vorrai. Sì, puoi giocartela, spenderla e spanderla, usarla per ogni genere di bazzecola o vizio, donne incluse, e non c'è niente che chiunque, incluso tuo fratello, ci possa fare. Potrai anche accumularla ed essere avaro, o forse ti sentirai in colpa per tanta ricchezza e ti chiederai se non dovresti consegnarla a tuo fratello, che confido per ora abbia una famiglia numerosa, tanti figli per i quali dovrà provvedere in qualche modo attingendo alla sua ricchezza e alle sue proprietà.

Permettimi di assicurarti che tuo fratello ha ereditato più di quanto chiunque, perfino con una famiglia numerosa, tenute da gestire e centinaia di dipendenti di cui occuparsi, possa mai avere bisogno, anche se dovesse vivere cinque vite. È ricco oltremisura come lo sono stato io per la maggior parte della mia vita. Mio nonno, il quarto duca, era un avaro. Se spendeva un penny, era per accumulare altri penny. L'unica cosa cui ha dedicato la sua attenzione e la sua ricchezza è Treat, negli edifici, la casa e i terreni. L'ha fatto come monumento per sé e il proprio nome. Ha assunto un mucchio di architetti e giardinieri, agrimensori, artigiani e centinaia di operai, ma, come sai, la manodopera è a buon mercato quindi gli sono costati poco. Anche i materiali non erano niente, visto che la pietra veniva dalle sue cave e le risorse naturali dalle terre che possedeva. Così, quando mio nonno morì, non lasciò dietro di sé nessuno che piangesse la sua morte, solo un enorme foruncolo semi-finito nel parco che chiamiamo Treat. Io ho ritenuto giusto completarlo e spero di essere stato in grado di farlo diventare una casa per *maman*, tuo fratello e te.

Anche se tuo fratello potrà alzare le sopracciglia per la sorpresa davanti all'ammontare della tua eredità, non te la invidierà. E se mai avrà qualche preoccupazione, sarà perché non ho posto condizioni al tuo accesso al denaro; tuo fratello non può negartela, né può dartela poco per volta, e sono sicuro che desideri poterlo fare, nel tuo interesse. E non dubito che tu ne ringrazierai il tuo papà, ma forse non mi ringrazierai quando ti dico che una grande ricchezza comporta una grande responsabilità. Le tue centomila sterline adesso sono sulle tue spalle e anche se non voglio che diventino un fardello, sono lì e ora tocca a te pensare a lungo e riflettere su che cosa vuoi farne, e che cosa vuoi fare della tua vita. Perché il valore di una grande eredità non si misura per come viene mantenuta, ma per come viene spesa.

Ti ho dato un'opportunità unica di fare qualcosa della tua vita, qualcosa che vada oltre i mattoni e la malta di un grande palazzo o l'assicurare il futuro di un titolo illustre. Quello è il fardello che deve sopportare tuo fratello. Come figlio maggiore gli è stato negato qualunque altro tipo di vita. Su di te, d'altro canto, ho posto un fardello completamente diverso, ed è quello di poter scegliere.

Il tuo carissimo papà confida fortemente che tu, come sempre, ti comporterai in un modo che lo renderà fiero, e ho sempre pensato che mi sorprenderai e che andrai oltre le aspettative degli altri. Sei, dopo tutto, mio figlio.

Con questa lettera c'è una scatolina e nella scatola c'è un anello d'oro, con incastonata una corniola incisa con lo stemma di famiglia. Era l'anello di mio padre. L'ha portato ogni giorno della sua vita e ricordo questo anello come parte di lui. Io non l'ho mai portato, avendo ereditato l'anello ducale dei Roxton con lo smeraldo, che era di mio nonno e che portano tutti i duchi di Roxton per tradizione quando succedono al titolo. Non dubito che tuo fratello ora porti quell'anello con orgoglio. Comunque quest'anello, quello che lascio a te, ha un grande valore sentimentale per me e quindi desidero che lo abbia tu, per ricordarmi e come simbolo dell'amore tra un padre e suo figlio. Amavo moltissimo mio padre, lo adoravo in effetti, e so che anche tu mi amavi altrettanto intensamente.

Credo che il tuo carissimo papà ti abbia dato abbastanza da pensare per una lettera. Mentre la scrivo, so che visiterai la mia tomba e mi mostrerai l'anello e come sia perfetto per il tuo dito e non vedo l'ora di vederti là.

Oh, e se pensi che sia l'ultima volta che mi senti, nero su bianco, non è così. Ma l'altra lettera che ho lasciato per te sarà per un altro giorno. Quale? Non posso predirlo, ma spero che quel giorno arrivi e in un futuro non troppo lontano, e che sentirai effettivamente il bisogno di aprirla e leggere ciò che il tuo papà avrà da dire in quell'occasione.

Ti voglio bene con tutto il cuore.
Il tuo carissimo papà che ti vuole bene,
R

Il Figlio del Satiro
Lettera 3

Martin Ellicott Esq., Moran House, Bath Road, Bath, Avon, a Lord Henri-Antoine Hesham, Treat via Alston, Hampshire.

[*Questa lettera è stata inclusa con il gentile permesso delle loro grazie considerata la sua importanza nel far luce sulla costituzione della stimata Fondazione Fournier. Alcuni nomi e passaggi sono stati soppressi nel solito modo, su loro insistenza.*]

Moran House, Bath Road, Bath, Avon
12 maggio 1784

Milord,

Caro ragazzo, ho ricevuto la vostra lettera con la posta di questa mattina e mi ha rallegrato immensamente. Non ho un vero motivo per lamentarmi, visto che il tempo primaverile è splendido. Respiro meglio oggi di ieri sera e una lunga lettera da sua grazia vostra madre ha sempre il potere di rallegrarmi e, molto spesso, comincio a ridere forte prima della fine del primo paragrafo.

La mia salute è precaria come il tempo è mutevole, quindi arriverò al dunque prima che mi arrivi un accesso di tosse, o cominci a piovere, o succedano entrambe le cose.

Sapete che sua grazia vostro fratello desidera che passi ciò che resta della mia vita a Treat con la famiglia e l'offerta mi lusinga oltremodo. Ma, e che resti tra noi, non posso lasciare [*omissis*] qui, non dopo vent'anni di [*omissis*] [*omissis*], e [*omissis*] non verrà a Treat. Ciò nonostante il fatto che sua grazia abbia esteso l'invito [*omissis*]. Non saremmo a nostro agio con una sistemazione simile, nonostante le assicurazioni delle loro grazie (e quando lo dico non mi riferisco solo al mio figlioccio e a sua moglie, ma includo la vostra carissima madre e Kinross) che siamo ugualmente benvenuti. Quando morirò e dico quando e non se, perché non può essere tra molto, allora sarà qui, con [*omissis*] al mio fianco.

[*omissis*] è consapevole, comunque, e ha accettato il fatto che quando lascerò dietro di me questa carcassa emaciata, lascerò anche [*omissis*], perché intendo tornare da vostro padre e alla casa che è stata mia quasi dalla nascita. Essere sepolto nel mausoleo dei Roxton è un onore che valuto impagabile. La vostra famiglia è la mia e lo è stata fin da quando i miei genitori erano al servizio del vostro bisnonno, il quarto duca. Sapere che sarò per sempre accanto a vostro padre e, col tempo, a vostra madre, mi è di grande conforto e sembra che lo sia anche per vostro fratello, per voi e per sua grazia vostra madre. [*omissis*] lo capisce e rispetta i miei desideri.

L'onore che mi fa la vostra famiglia non può essere adeguatamente espresso a parole e se tentassi di farlo so che per scrivere questa lettera ci vorrebbe il doppio del tempo, se mai fosse possibile completarla. Sono così sopraffatto dalle emozioni che mi paralizzano.

Devo ringraziarvi per la vostra gentile offerta di permettere a [*omissis*] di restare qui in questa casa che è stata la nostra per gli ultimi sedici anni. Ma abbiamo deciso insieme di accettare l'offerta ugualmente cortese di sua grazia di una casa nel centro della città per [*omissis*], a un tiro di sasso e un breve tratto in portantina dal Bagno del Re. Sapere che [*omissis*], avrà un posto da chiamare casa e un introito a vita mi ha tranquillizzato. Ho scritto una lettera a sua grazia dicendogli ciò che desideriamo e per ringraziarlo dal profondo dei nostri cuori. E, ovviamente, non posso ringraziarvi abbastanza per averci permesso di restare qui dopo aver ereditato la proprietà dal vostro stimato genitore. Spero che un giorno, quando vi sposerete, voi e la vostra sposa riempirete questa casa di tanti bei ricordi come abbiamo fatto noi.

Potrete trovarlo morboso, ma è necessario dirlo. Anche se ho lasciato in eredità i miei risparmi e i miei beni terreni a [*omissis*], lascio a voi la mia collezione d'arte e la mia biblioteca. So che le apprezzerete di più. E voi almeno non vi offenderete perché nella collezione che ho accumulato nei decenni, dal tempo passato con vostro padre e più tardi, durante i miei viaggi nel continente con vostro fratello, ci sono volumi, dipinti e vignette che qualcuno che non apprezza l'arte per ciò che è, o è troppo bacchettone per natura persino per contemplare queste opere d'arte o addirittura aprire questi libri, troverà indecenti. Per esempio, c'è una serie completa di miniature di Boucher e un'altra di Fragonard di [*omissis*] e [*omissis*]. Nella mia collezione c'è anche una statua rara di una ninfa e di un satiro che [*omissis*]. Tra gli in-folio c'è una serie di opere del *Comte de* [*omissis*] e un'altra di *Madame* (o così si chiama lei) [*omissis*], che so che voi apprezzerete più per la brillantezza della prosa che per il contenuto salace delle pagine. Vi ho anche lasciato quella che credo sia una delle uniche due copie del [*omissis*]. Vostro padre me l'ha regalata il giorno del mio pensionamento e, ovviamente, lui aveva l'altra copia. C'è anche [*il resto del paragrafo è stato soppresso*].

Allegata c'è una lista dettagliata perché la esaminiate, in modo che quando verrete qui, o quando manderete un vostro rappresentate, dopo che ce ne saremo andati, troverete tutto come lo abbiamo lasciato, con i dipinti ancora sulle pareti, le statue nello spogliatoio e la collezione di vignette nelle cartelle indicate insieme con i libri nella biblioteca.

[*Nota degli editori: la lista è disponibile ma non è stata inclusa in quest'opera.*]

Permettetemi di tornare a faccende più piacevoli e molto più importanti.

Sono onorato che abbiate cercato il mio parere su questa impresa di costituire una fondazione per aiutare i medici nei loro sforzi per la ricerca e per l'avanzamento della scienza medica. Approvo il nome della Fondazione Fournier. Questo nome distanzia giustamente voi, figlio di un duca e fratello di un altro, dagli aspetti che definirei più torbidi della professione medica. Il vostro nome e quello della vostra famiglia devono restare al di sopra di ogni sospetto, dato che ci sono quelli tra i pionieri della scienza medica che sono completamente amorali quando si tratta di procurarsi i campioni per la dissezione e le indagini, e che ricorrono all'uso dei corpi ancora caldi di quei poveracci che hanno lasciato la loro vita sulla forca. E, anche se quasi non riesco a crederlo, ci sono medici che accettano cadaveri tolti da tombe appena scavate, con i corpi spogliati dei loro abiti e presentati nudi alle scuole di anatomia, dove sono sottoposti a ogni tipo di trattamento bestiale nel nome della scienza. Rubare i vestiti e i beni di un morto è un crimine, ma non, sembra, rubare i cadaveri nudi di quelle povere anime. Capisco che i nostri medici abbiano bisogno di frugare e indagare nel corpo umano per conoscere i segreti del suo funzionamento interno per poter aiutare i vivi, ma ci sono di certo modi migliori, più rispettosi, di comportarsi per poter fare queste esplorazioni?

Non preoccupatevi delle mie obiezioni e del mio pontificare. Dovete fare ciò che ritenete giusto e corretto e degno dell'investimento per aiutare lo sviluppo della conoscenza scientifica. Ma voglio avvertirvi di tenervi a distanza di braccio dai particolari quotidiani di una simile impresa. Né sono completamente a mio agio alla prospettiva che visitiate posti dove dilagano i miasmi delle malattie, specialmente a causa del delicato equilibrio della vostra costituzione. Vi prego, state attento e pensate sempre e innanzitutto alla vostra salute. Vostra madre non sopporterebbe di perdervi; le strapperebbe il cuore e nemmeno l'amore di Kinross potrebbe salvarla dalla disperazione.

Permettete al dottor Bailey e agli altri amministratori di farsi avanti e fare le visite per conto vostro, ve ne prego e ve lo consiglio. La scelta di Bailey come prestanome per la fondazione è eccellente, perché ho sempre trovato che avesse una mente curiosa e uno spirito compassionevole. E oso immaginare che gli avete assegnato molto generosamente il titolo di direttore a causa dei rapporti molto stretti che avevate con lui quando era il vostro medico personale e voi un ragazzino. Penso che forse vogliate fare ammenda per il trattamento sprezzante che gli riservavate, e la sua accettazione paziente dell'arroganza di un giovane nobile. Lo menziono con il più profondo rispetto.

Il vostro desiderio di restare il benefattore anonimo è una decisione improntata a giusta cautela. Se si sapesse pubblicamente che avete allentato i cordoni della borsa per quest'impresa, alla vostra porta busserebbe una pletora di parassiti e gentaglia che cerca un patrocinio, con tutta una serie di richieste e schemi ridicoli, tanto che non dubito che dovreste assumere un segretario a tempo pieno solo per occuparsi di queste petizioni. Restare nell'ombra vi permetterà di avere maggiore libertà per distribuire la vostra beneficenza come ritenete giusto. Avere un consiglio di amministrazione è una necessità, ma non permettete che vi governi. Anche se adesso che lo vedo nero su bianco, sto sorridendo, perché non riesco a pensare a nessun altro eccetto voi, con l'eccezione del vostro stimato padre, che sia meno governabile o persuasibile da chiunque, una volta che vi siete fissato su una decisione.

Il vostro affezionatissimo padre sarebbe immensamente fiero di voi e di come, perfino alla vostra giovane età, abbiate scelto una strada saggia e generosa per usare la vostra eredità per fare la differenza nel mondo. E non dubito che ci riuscirete, e non solo per i pochi, ma per i tanti, forse perfino per migliaia e migliaia delle anime più vulnerabili del nostro paese che più hanno bisogno di cure e attenzioni mediche, e la miriade di possibilità di speranza che lo sviluppo della scienza comporta.

Avete ereditato l'intelligenza acuta di vostra madre e la sua sete di conoscenza, ma anche la sua compassione per i suoi confratelli, altrimenti perché avreste scelto di fare tutto il possibile per migliorare la condizione umana instituendo una fondazione medica per aiutare i più poveri tra i poveri se non perché, come la vostra carissima madre, possedete una grande empatia? Anche se nell'aspetto assomigliate tantissimo a *Monsieur le Duc* e anche il vostro temperamento è simile al suo, e non mi sto riferendo all'enorme arroganza o al suo naturale distacco verso quelli al di fuori della cerchia più intima della famiglia. Conoscevo bene vostro padre e non poteva nascondere a me che era un uomo di sentimenti profondi. Era molto evidente con vostra madre, perché non ho mai visto un amore più grande di quello tra i vostri genitori. E l'amore che aveva per voi e vostro fratello era incommensurabile. E conoscendovi fin dalla culla, credo che in voi l'influenza dei vostri genitori sia in perfetto equilibrio, più che in vostro fratello. Non che glielo confesserei, e che resti fra di noi.

Accettate i consigli che può darvi un vecchio. Anche se so che fate tutto ciò che è in vostro potere e ciò che la vostra ricchezza può offrire per mascherare la vostra malattia dalla società, e sono perfettamente d'accordo con il vostro giudizio in questo, perché sono affari vostri e di nessun altro, quando troverete una compagna, quando vi innamorerete, arrendetevi e consegnatevi completamente a lei, come fece vostro padre con vostra madre. Non le ha mai nascosto il suo vero io, né voi dovreste nascondere la vostra malattia alla sposa che sceglierete. È parte di chi siete e sarete sempre. E se lei vi ama, come deve, completamente, come vostra madre ama vostro padre, allora avrete un matrimonio lungo e felice e questo è ciò che desidero di più per voi: amore e felicità. E non meritate niente di meno che essere amato.

Siete l'uomo più gentile, il più generoso e compassionevole che abbia avuto il privilegio di guardare crescere fino a diventare un gentiluomo. Per favore, non piangete per me, perché sono stanco di questo corpo vecchio e consunto e, a dire il vero, e lo nascondo a [*omissis*], sto contando i giorni finché potrò lasciare la prigione di questa carne decrepita e sarò libero di riunirmi a vostro padre ed essere di nuovo al suo fianco, e per sempre.

Con amore,
Martin

Il Figlio del Satiro
Lettera 4

La signorina Theodora Cavendish, Brycecomb Hall via Stroud, Gloucestershire, alla signorina Lisa Crisp, presso M'sieur de Crespigny, Fournier Street, Spitalfields, Londra.

Brycecomb Hall via Stroud, Gloucestershire
8 luglio 1784

Carissima, carissima Lisa,

È la seconda lettera che invio al tuo indirizzo di Fournier Street e ti prometto che non sarà l'ultima, perché sono decisa, sì, decisa a trovarti, sorella di Blacklands.

Non riesco a credere di essermi lasciata per sempre alle spalle l'orribile Blacklands e di essere tornata a casa nelle beate Cotswold. Non sono mai stata più felice di essere a casa con la mia famiglia, di guardare i miei cari fratellini crescere e diventare ragazzi, essere in grado di abbracciare la mamma tutte le volte che voglio e andare a cavalcare nella mia bella, bella campagna con il mio caro papà. Tutto va di nuovo bene nel mio mondo e non voglio lasciarlo mai più. Ma non potrò essere completamente felice finché non saprò che stai bene e sei al sicuro e mi manderai una risposta alle mie lettere. Trovo insopportabile questo silenzio tra di noi e se non fossi con la mia famiglia e nelle mie amatissime Cotswold e, come ti ho detto nella mia precedente lettera, fidanzata al mio Jack e non stessi programmando il nostro matrimonio, penso che mi metterei a letto e non mi alzerei finché non arrivassi tu a liberarmi dalla malinconia.

Almeno, qui a casa mi è consentito scrivere liberamente e tutte le volte che voglio ed entrambi i miei genitori capiscono che devo scriverti e perché è così necessario che ti trovi. Perché non posso, non voglio sposare il mio Jack senza te al mio fianco.

Non riesco a ricordare se te l'ho già detto, ma mi avevano proibito di scriverti dalla scuola. Non è del tutto vero. Ti ho scritto tante lettere, solo che nessuna è stata spedita perché pensavano che fosse nel mio interesse tagliare i ponti con te. Ma io non rinuncerò mai, mai a te, mia carissima, la mia amica più cara nel mondo intero.

Mi si spezza il cuore, Lisa. Ancora non capisco perché mi hai lasciato senza una parola sulla tua partenza, senza un saluto. Dividerci era troppo da sopportare per te, tanto da pensare fosse meglio andartene senza salutare? Come hai potuto essere così crudele? Non voglio credere che tu possa essere crudele verso nessun essere vivente, e specialmente, sicuramente non con me, per quanto gli altri cerchino di persuadermi del contrario. Non lo crederò mai! Mai. So che stanno solo cercando di aiutarmi, dicendomi di dimenticarti ma, dimmi, come può aiutarmi? Eravamo intime come due sorelle che si volevano bene, condividevamo le nostre giornate, i nostri segreti, beh, i miei segreti, perché tu non ne hai e sei troppo buona per averne, e poi un giorno sei sparita, così, come se non fossi mai stata lì.

Pensavo fossi morta. Nessuno voleva dirmi niente. Nessuno parlava di te. Mi ordinarono di non chiedere di te perché stavo turbando le altre ragazze con le mie continue domande. Ma e i miei sentimenti e il mio turbamento quando sei svanita? Nessuno pensava che ne sarei rimasta sconvolta? Sono ancora sconvolta, non importa quanti anni passeranno, non smetterò mai di chiedermi dove sei e di preoccuparmi e di volere che la mia Lisa torni. Altri a scuola sono rimasti sconvolti, non solo io, perché te ne sei andata senza una parola. George, il figlio del falegname e anche suo padre. Il signor Baldi, e la piccola Daisy, la figlia della signora Frank, dell'aula di cucito. Ma nessuno di loro sapeva dirmi che cosa ti era successo, e tutti mi assicuravano che non eri sicuramente morta, perché nessuno era stato portato fuori in una bara e nessuno aveva menzionato una morte.

Loro, e intendo dire *Mlle* Bromley, *Mlle* Martin e la *grande dame* della nostra stimata Blacklands, *Mme* Girouard, o come l'ho sempre chiamata quando eravamo in privato, e ti faceva ridere, la *Maîtresse Grandes Bajoues*, tutte mi assicurarono che non eri morta, ma dissero che era meglio che io pensassi che lo eri, perché comunque non ci saremmo mai riviste. E quando le contraddissi e dissi che avevo tutte le intenzioni di rivederti una volta lasciato il collegio, e che non ti avrei mai dimenticato, *Mme* Girouard mi fece sedere davanti a sé e mi disse con un viso perfettamente serio che io ero molto speciale, ma tu no. Disse, e devi perdonare l'insulto perché è ciò che disse lei, e che io non credo assolutamente, che eri talmente al di sotto di me dal punto di vista sociale che tanto valeva che io vivessi sulle nuvole e tu in un fosso, perché era quella la distanza che c'era tra di noi e ci sarebbe sempre stata. E a causa di questo enorme divario che non si sarebbe mai chiuso tra di noi, eravamo destinate a percorrere sentieri diversi e vivere vite molto diverse. È una completa leccapiedi e tutto perché lo zio Roxton è un duca e la mamma è la figlia di un conte e le sarebbe piaciuto dirlo, ma dato che ci faceva la predica tutte le mattine sul fatto che dovevamo amare il prossimo e trattare tutti per ciò che erano e dimostrare carità cristiana e così via, non poteva, nevvero, perché lei non era per niente caritatevole. Tutto il contrario. È una tale ipocrita. Finsi di non capirla e feci la smorfia che usavo con *Mlle* Martin quando mi chiedeva se sapessi che fine avevano fatto le fette extra di torta e io scuotevo la testa e le chiedevo che cosa intendesse dire. Quando le fette di torta erano nella mia tasca fin dall'inizio. E chi poteva biasimarmi perché prendevo ciò che era nostro di diritto? Lei certamente non aveva bisogno anche della nostra torta. Povera Lisa, trovavi difficile da ingoiare la torta rubata, vero? Ma mangiavamo comunque fino all'ultima briciola perché non ci davano mai abbastanza da mangiare a cena!

Mi diede una certa soddisfazione vedere *Mme* Girouard tentare in tutti i modi di spiegare la differenza nella nostra condizione sociale come fosse l'ordine naturale delle cose e la volontà di Dio, finché ne ebbi abbastanza della sua agitazione e delle sue spiegazioni menzognere, e scoppiai semplicemente in lacrime per farla smettere. Anche se, mia cara Lisa, le lacrime erano sincere, come la mia frustrazione, perché mi manchi così tanto, tanto, tantissimo che mi fa male il cuore.

Carissima Lisa, intendo insistere a scriverti finché non resterà più inchiostro nel mondo intero e tu mi scriverai e mi dirai che stai bene e che sei al sicuro e che anche io ti manco.

Per ora chiuderò la lettera baciando la pagina e dicendoti che non ti ho abbandonato! Papà sta andando a Stroud per incontrare dei tessitori o qualcosa di simile e voglio che porti la lettera con sé e la spedisca da lì con la diligenza.

Ti voglio bene, mi cara, carissima Lisa. Resto la tua miglior amica al mondo e la tua sorella di Blacklands, per sempre,

Teddy

Il Figlio del Satiro
Lettera 5

[*Pagina del diario di Lord Henri-Antoine Hesham. Tradotta dal francese.*]

6 novembre 1784

Carissimo papà, ho perso un'altra parte di me oggi. Abbiamo ricevuto la notizia (che non ha sorpreso nessuno perché l'aspettavamo da un giorno all'altro) che Martin è morto pacificamente nel sonno due giorni fa. Non era a letto, ma fuori in terrazza nella sua poltrona preferita, con una coperta, mentre si godeva un *café au lait*. Jeremy pensava che stesse sonnecchiando, tanto sembrava in pace. Sono lieto che se ne sia andato in questo modo e prego che sia già con voi, e che abbiate abbracciato il vostro confidente e amico e gli abbiate dato il benvenuto in paradiso, per stare al vostro fianco. Non ci vedo per via delle lacrime e temo che macchierò le mie parole, ma non mi importa. Sono desolato. È come se voi foste morto un'altra volta e devo sopportare ancora il dolore e il crepacuore di quella perdita. So che mi sentirò così finché non sarà portato qui per essere sepolto. Quello almeno mi sarà di consolazione, averlo qui accanto, con voi e con noi.

Andrò a Londra alla fine del mese, dopo il funerale di Martin, per incontrare i medici che Bailey raccomanda perché facciano parte del consiglio. Penso che vi piacerà la sua scelta per la nostra fondazione, che sta marciando velocemente con più domande di sovvenzione di quante potremo soddisfare, tale è il pessimo stato delle cure mediche in questo paese.

Oggi ho accompagnato Julian ad Alston e Freddy è venuto con noi. Abbiamo fatto una capatina al *The Swan*. Ai locali piace tantissimo vedere il loro duca e il suo erede dalle loro parti. Sareste fiero di vostro nipote, che sta diventando un bel giovanotto, conscio di che cosa lo aspetta. È serio quasi quanto suo padre, anche se nessuno potrebbe mai essere serio come Julian, vero? Ma predìco che Freddy seguirà le orme di suo padre e sarà un duca esemplare, e so che vi farà piacere. Io, d'altra parte, passo il tempo, quando sono in piedi e ne sono in grado, in frivolezze, così anch'io faccio la mia parte nel tenere viva la vostra leggenda! Ah! Avete forse alzato il sopracciglio, dispiaciuto? Certamente no! Vi bacio e vi lascio, con la salute non migliore o peggiore di ieri.

Baci

Il Figlio del Satiro
Lettera 6

La signorina Theodora Cavendish, Brycecomb Hall via Stroud, Gloucestershire, alla signorina Lisa Crisp, presso M'sieur de Crespigny, Fournier Street, Spitalfields, Londra.

28 ottobre 1785

Carissima Lisa,

Ieri mi è venuta in mente un'idea meravigliosa! Sono terribilmente eccitata e penso di essere veramente intelligente per aver avuto un'idea così brillante. Mi sono confidata con la mamma e lei pensa che possa proprio funzionare! Mi ha incoraggiato a scrivere per capire se era possibile. L'ho abbracciata così stretta che siamo rimaste entrambe quasi senza fiato. Sono contenta di avere un piano, ma sono anche felice per un altro motivo e devo raccontarti le notizie della nostra famiglia prima di continuare e dirti del mio piano.

Ieri sera a cena, la mamma e il papà hanno fatto l'annuncio più meraviglioso immaginabile. Ci sarà un'aggiunta nella famiglia il prossimo anno! Non una persona, stupidina, un bambino, un fratellino o, se riuscirò a tenere le dita incrociate per tutto il tempo per assicurarmi il risultato che vorrei, sebbene la mamma suggerisca anche che preghi perché sia così, una sorellina. Davvero! La mamma è *enceinte* e partorirà l'anno nuovo. È stata una sorpresa per lei e papà quanto lo è stata per nonna Kate e me. I miei fratelli sono eccitati, naturalmente, ma non si rendono conto che il bambino non arriverà fino a febbraio, che, per loro, tanto varrebbe fosse tra cent'anni. Predìco che scenderanno tutte le mattine a fare colazione e chiederanno se il bambino è arrivato. E quando la mia sorellina farà finalmente la sua entrata nel mondo, il suo piangere e agitarsi li farà scappare fuori dalla porta il più in fretta possibile.

Ma solo perché avremo un altro bebè in casa e, se i desideri si avverano, una bambina, non significa che dimenticherò la mia sorella di Blacklands. Ed è per questo che ho formulato il piano più meraviglioso per trovarti.

Ricordi che ti avevo detto a scuola che ho dei parenti potenti che mi vogliono bene? Sono sicura di sì. Sono questi parenti che arruolerò per trovarti, perché a che cosa servono i parenti potenti se non possono aiutarmi? E la mamma mi assicura che mi aiuteranno, ed esaudiranno il mio desiderio.

Se c'è una persona al mondo che può esaudire i desideri è la cugina di mia madre, *Madame la Duchesse de Kinross*, a cui mi piace pensare come la mia fata madrina. È suo figlio maggiore che è il duca di Roxton e sua moglie, la duchessa, che è mia zia. *Madame la Duchesse de Kinross* ti troverà. Lo so. Farebbe tutto il possibile per farmi felice e chiederà a suo figlio, mio zio Roxton, di impiegare tutte le risorse che hanno tra di loro per scoprire dove sei finita.

Quanto può essere difficile, visto che ho il tuo ultimo indirizzo conosciuto? La mamma crede, come me, che la duchessa farà tutto ciò che è in suo potere per aiutarmi a trovarti, specialmente perché le ho detto che voglio te, e solo te, come mia damigella d'onore. Come potrei sposare Jack senza avere te al mio fianco?

Sono così fiduciosa che la duchessa ti troverà che sono meno malinconica e molto più speranzosa. La mamma dice che mi ha fatto tornare il sorriso. Perché anche se pensare di avere una sorellina mi fa sentire molto meglio, non mi sentirò me stessa finché noi due non saremo di nuovo insieme.

Devo smettere di scrivere adesso, mia carissima amica, perché devo concentrarmi per scrivere a *Madame la Duchesse de Kinross*. Diversamene dalla mia lettera a te, che posso tenere privata, la mamma rileggerà la mia lettera a sua grazia, perché voglio che sia perfetta, e voglio il suo aiuto.

Intendo consegnare a *Madame la Duchesse* anche il tuo invito al mio matrimonio, che ti potrà consegnare insieme a questa lettera quando ti troverà. E ti troverà!

La tua affezionatissima, più speciale e sempiterna amica e sorella di Blacklands,

Teddy

Il Figlio del Satiro
Lettera 7

[*Deborah, duchessa di Roxton, a Sir John Cavendish. Senza data ma consegnata la notte prima del matrimonio del nipote di sua grazia con la signorina Theodora Cavendish nel luglio 1786.*]

Caro Jack,

Voglio scriverti i miei pensieri in questa lettera alla vigilia del tuo matrimonio perché tu possa tenerla per sempre. Sappi che, anche mentre ti imbarchi in questo nuovo capitolo della tua vita da uomo sposato, con tutte le responsabilità e le gioie che comporta, e, in un futuro non troppo distante, aggiungendo quella di essere un padre di famiglia, non perderai mai l'amore e la preoccupazione di tua madre. Perché è ciò che sono essenzialmente stata per te fin da quando i tuoi cari genitori ti sono stati tolti a un'età tanto tenera.

Ho sempre cercato di fare del mio meglio per te e di dimostrarti l'amore e la protezione di una madre, anche quando ero ancora un'adolescente e non avevo idea di cosa significasse essere una madre. Ma, sai, dopo aver dato alla luce il mio primo figlio e poi con ogni nascita successiva, sto ancora imparando che cosa significhi essere un genitore. Ti ho sempre considerato mio figlio e ti includo in quel numero.

Perché, sotto molti aspetti, sei il mio primogenito, anche se non ti ho partorito io. Ti ho amato, protetto, dato rifugio e consigli e mi sono preoccupata per te, e tu non hai mai deluso me o un altro membro della famiglia. Sono così fiera di te, del ragazzo che eri e dell'uomo che sei diventato.

Hai una grande capacità di compassione e di amore. E da collega musicista, sento quei sentimenti riversarsi nelle tue composizioni. Non mi sorprende che spesso i tuoi pezzi portino il tuo pubblico alle lacrime. Non solo quei sentimenti sono palesi nella tua musica, ma in come tratti gli altri.

Sei il miglior amico che Harry potesse desiderare e siete vicini come se foste fratelli. So che i suoi genitori, e suo fratello, sono così grati che tu sia entrato a far parte della sua vita quand'è successo, perché non dubito che temessero che non avrebbe mai avuto un amico, tanto il suo carattere è malinconico ed egocentrico. Ma data la sua malattia, è comprensibile, no? Eppure, sei stato sempre un amico leale e il suo campione, e io ti ammiro tantissimo.

Dato che stiamo parlando di egocentrismo, ti devo chiedere perdono per la mia distrazione. Ho la scusa della gravidanza e della nascita di otto figli in dieci anni, e delle responsabilità connesse al mio ruolo di moglie e di duchessa di tuo zio Roxton. Ma non mi rende meno consapevole di aver lasciato in secondo piano i miei doveri materni nei tuoi confronti, dopo il matrimonio, e averti lasciato alla deriva in compagnia di Harry, lasciando entrambi con una supervisione sporadica, specialmente nel periodo di transizione tra la morte di *Monsieur le Duc* e quando tuo zio Roxton divenne duca.

Spero che tu sappia che ero e sono qui per te, sempre.

Qualche volta hai chiesto il mio consiglio e spero di averti sempre dato dei suggerimenti saggi. Spero anche che continuerai a rivolgerti a me quando avrai bisogno dell'opinione di qualcuno che non faccia parte della tua casa, ma che ti darà sempre un parere sincero, supportato da un'amorevole guida. Sei un uomo indipendente e lo rispetto. Ma i genitori a volte si preoccupano per i figli anche quando sono uomini, specialmente le loro madri, che li vedranno sempre come ragazzini. Quindi perdonami se a volte desidero ricevere un abbraccio e un bacio dal mio ragazzo più grande. Penso che non smetterò mai di volerli. Quindi dovrai avere un po' di indulgenza per la tua cara zia Deb. Sono fiduciosa che anche tu continuerai ad abbracciare e baciare i tuoi figli anche quando saranno adulti.

Sono così fiera di te, Jack. E ti dico senza riserve che i tuoi genitori, in particolar modo tuo padre, che era il fratello migliore che una sorella potesse avere, ti amavano più di quanto possano dire le parole, come me d'altronde. Vedo molto di tuo padre in te e non intendo dire solo il suo talento musicale. Anche lui aveva una grande capacità di comprensione e di amore. È stato un enorme privilegio per me poterti proteggere, amare, vederti diventare un uomo, e un gentiluomo che il mio caro fratello Otto, tuo padre, sarebbe stato orgoglioso di chiamare figlio.

So che sarai un marito meraviglioso per Teddy, che sarai un padre amorevole e che entrambi vivrete una vita felice e piena. Se posso darti un piccolo consiglio sul matrimonio... Alla fine della giornata, quando le candele sono spente e voi siete da soli, è come se al mondo ci foste solo voi, ed è così che dovrebbe essere. Siate gentili e amorevoli l'uno con l'altro; non c'è niente che conti di più.

Con tutto l'amore di una madre,
zia Deb

Il Figlio del Satiro
Lettera 8

[*Sua grazia il nobilissimo [5°] duca di Roxton, a lord Henri-Antoine Hesham, quando prenderà la decisione di sposarsi. Si ritiene sia stata scritta nel dicembre del 1772; sigillo rotto nel luglio del 1786.*]

Mio carissimo figlio,

Allora hai trovato l'amore della tua vita e hai deciso di sposarti. Congratulazioni. Sono felicissimo per te.

Non dubito che la ragazza che ha conquistato il tuo cuore sia veramente speciale. So che non ti accontenteresti di meno, né dovresti.

Posso parlarti di lei? È unica. Bella. Educata. Intelligente. Sono queste le parole che mi vengono in mente quando penso a lei. Ti è pari intellettualmente. Ti fa sorridere anche quando pensi non ci sia un motivo per farlo. Ridete insieme. Ti senti leggermente ebbro in sua presenza e non poco in soggezione, per come ti senti, per la nuova situazione in cui ti trovi, perché per moltissimo tempo semplicemente non credevi che avresti mai trovato qualcuno come lei. Soprattutto, con lei tu puoi essere te stesso, e ci sono poche persone al mondo di cui noi ci fidiamo tanto da rivelare chi siamo veramente. Ma ti fidi di lei e quindi ti senti completamente a tuo agio. Non ci sono artifizi, pretese, nessun desiderio di impressionare o essere impressionati. Voi due potete restare seduti su una *dormeuse* tutto il giorno, senza dire una parola, eppure, è proprio questo il punto, no? Le parole a volte non servono per esprimere i sentimenti. Solo essere con lei, essere in sua compagnia, è sufficiente. Ti chiedi se ti sveglierai e sarà stato tutto un sogno, questo sentimento, questa ragazza, il futuro che vuoi disperatamente condividere con lei e nessun'altra. Ma non è un sogno, figlio mio, e passerai il resto della tua vita vivendo questo sogno, con lei.

Come faccio a saperlo? Perché è esattamente come mi sento con la tua *maman*, e come mi sono sentito quasi dal primo momento in cui ci siamo incontrati. Ti parlerò di quel giorno, ma prima il tuo papà ha qualche parola di saggezza che desidera condividere con te sul matrimonio. E comincia di nuovo con la tua carissima *maman*.

Hai una madre istruita e amorevole e per la quale i sentimenti sono tutto. I tuoi genitori si sono amati per tutta la loro vita matrimoniale. E hai un fratello che, nonostante il suo fosse un matrimonio combinato, è molto innamorato di sua moglie, come lei di lui. Ho fiducia che questi esempi di matrimoni riusciti ti abbiano fornito tutte le prove di cui avevi bisogno che è possibile innamorarsi, restare innamorati e vivere una vita piena d'amore e soddisfacente con la compagna giusta al tuo fianco.

Perché questo è il matrimonio, mio carissimo ragazzo, un sodalizio d'amore e di mutuo rispetto, ed è un impegno per la vita. Oso sperare che si estenda anche oltre questo mio corpo mortale per la vita eterna, per poter essere nuovamente riunito con tua madre quando arriverà il suo momento e lei sarà in grado di raggiungermi.

Ma un matrimonio ha successo solo se entrambe le parti sono ugualmente impegnate nell'unione, emotivamente e spiritualmente, e alla pari. Non funzionerà in nessun altro modo. Viverlo senza convinzione renderebbe la vita intollerabile. Diventereste un peso l'uno per l'altra e vi sentireste entrambi in trappola. Sarebbe qualcosa da cui tu vorresti sfuggire. E perché no? E i mariti possono farlo. L'ho visto succedere tantissime volte con i miei amici. La moglie viene dimenticata, prendono un'amante, a volte vivono con lei e fanno tutto ciò che serve per restare fuori dalla trappola che è il loro matrimonio. Non li giudico. Non posso. Per tantissimo tempo, prima di incontrare la tua *maman*, ho fatto parte di quell'esistenza precaria e vuota, pensando a ben poco altro. Ma con l'età, e molti anni di riflessione, ti posso assicurare che per quanto mi sia goduto quegli anni di libertà, niente eguaglia una vita condivisa con la tua anima gemella. Niente è paragonabile alla vita che tua madre e io abbiamo condiviso, e la vita che abbiamo condiviso con te e tuo fratello, come una famiglia.

Ma il tuo papà non vuole farti la predica sul matrimonio o l'amore, solo offrirti qualche riflessione personale. Hai preso la tua decisione, altrimenti non avresti aperto questa lettera…

Almeno oso pensare che sia così, e che non la stia leggendo per un ripensamento, una postfazione a una vita passata da triste, cinico, vecchio donnaiolo che non ha mai trovato l'amore o che, e sarebbe ancora più tragico, si è lasciato sfuggire il suo unico amore per orgoglio e vanità o qualche altro motivo che ti sei permesso di credere per scusare il tuo rimpianto. La mia speranza è che tu abbia trovato l'amore della tua vita molti anni prima di quanto abbia fatto io, in modo da poter avere molti più anni da passare insieme di quelli che io ho potuto condividere con la tua carissima *maman*.

Lascia che ti riveli un segreto, che poi non è un segreto per nessuno. Ero sul punto di passare la mia vita esattamente come ti ho descritto, come un triste, cinico, vecchio donnaiolo, quando nella mia vita entrò (o dovrei dire volteggiò) la tua *maman*. A quel tempo non ero triste, e non mi ritenevo vecchio. Ero, però, decisamente cinico. Né avevo desiderio alcuno di cambiare la mia vita. Ero un gran libertino che aveva portato a letto ogni femmina vogliosa che avesse attirato la mia attenzione; c'è un buon motivo se mi chiamavano "il nobile satiro". Dato che ora sei un uomo e non un ragazzo, e presumibilmente avrai avuto la tua parte di scappatelle, ti posso confidare che anche se quegli incontri mi piacevano, e in effetti alcune delle mie amanti sono diventate amiche di tutta la vita, mi regalavano solo una gratificazione fisica. I legami emotivi erano fuggevoli o non tanto profondi da alterare i miei sentimenti. Fu solo quando incontrai la tua *maman* che mi resi conto che nessuna delle mie amanti aveva mai veramente conquistato il mio cuore.

Ricordi che ti ho detto, in una mia precedente lettera, come avessi riposto il mio cuore in un barattolo quando ero un ragazzo e di come tua madre abbia trovato quel barattolo? Assecondami mentre ricordo come tua madre abbia liberato il mio cuore dalla sua prigionia, solo per catturarlo lei stessa. C'è un motivo, te lo assicuro.

Ricorderò sempre la prima volta che vidi la tua *maman*. Lo rammento come se fosse ieri, anche se sono passati quasi trent'anni. Ero con un gruppo di amici e passeggiavo nei giardini del palazzo di Versailles. Ricordo con chi ero, la mia amante del momento e i nostri amici, un certo numero di nobili francesi, ma non ricordo l'argomento della conversazione. So che la giornata era nuvolosa e che minacciava pioggia e quindi si parlava di tornare all'interno. E poi, come se le nuvole si fossero divise e fosse uscito il sole, eccola, la tua *maman*, che veniva diritta verso di me. Mi fermai. La fissai. Dimenticai la frase che avevo sulla punta della lingua. Il tempo rallentò. Per quanto ero distratto, le cateratte del cielo avrebbero potuto aprirsi e la pioggia cadermi addosso per quello che mi importava, o per quello che sapevo, di ciò che avevo intorno. La tua *maman* era la creatura più bella che avessi mai visto e, credimi, non è un vanto da poco perché ero sempre circondato da donne belle. Ma in lei c'era qualcosa, qualcosa che in quel momento non riuscivo a definire, ma che andava oltre la mera bellezza fisica. Era ed è ancora la donna più bella che abbia mai avuto il piacere di ammirare, ma c'era tanto di più nella sua bellezza. Vedi, irradiava anche luce, e tutto ciò che c'era di buono al mondo. La verità è che irradiava amore, e l'ha sempre fatto.

Ovviamente ero così disorientato che non capivo che cosa mi stesse succedendo. E per tantissimo tempo non credetti che io, il nobile satiro, fossi stato colpito nel mio trentasettesimo anno di vita dalla freccia di Cupido. Mi rifiutavo di considerare l'idea di essermi potuto innamorare di una ragazza, perché lei era poco più di quello. Aveva solo vent'anni (anche se mi mentì sulla sua età, perché, in realtà, ne aveva solo diciotto), e la ritenevo troppo giovane per me. Resistetti a quello che mi diceva il mio cuore e, cosa ancora più importante, a ciò che tua madre riteneva lampante. Il nostro amore era destino. Eravamo fatti per stare insieme. Era tutto ciò che contava. Le opinioni degli altri non erano importanti. Qualunque obiezione era insignificante e questo includeva la mia grande riluttanza perché mi consideravo troppo vecchio per sposarla.

Feci del mio meglio per ignorare il mio cuore, usando una scusa dopo l'altra per non dover seguire i miei sentimenti e sposarla. Ovviamente, alla fine prevalse lei e io ringrazio Dio ogni giorno di aver ceduto!

Il punto è, mio carissimo figlio, che nessun ostacolo è insuperabile, nessuna scusa è plausibile e tu non dovresti mai mettere in dubbio ciò che ti dice il tuo cuore. Credi a quello che ti dice quell'organo risoluto. Sii lieto dei sentimenti che provi e fiducioso che tutto ciò che conta veramente è che ti sei innamorato e che sposi l'amore della tua vita. Così deve essere.

Ti do un'ulteriore prova dell'esistenza del fato con l'anello nuziale che ti allego. Apparteneva a mia madre, che sposò mio padre quando lei aveva sedici anni e lui vent'anni di più (non ti sfuggirà l'ironia della storia che si ripete). Si sposarono contro i desideri delle due famiglie. Lei cattolica, lui protestante. E lei lo sposò pagando un prezzo altissimo, perché la sua famiglia la disconobbe, e così fece la chiesa. Eppure, nonostante tutto, si sposarono e rimasero innamorati fino al giorno in cui lui fu crudelmente tolto alla sua famiglia, quando si ruppe il collo cadendo da cavallo. Te l'ho raccontato in una mia precedente lettera, se ricordi, quindi non dirò altro su quel penoso argomento. Mia madre non si risposò mai e rimase fedele alla memoria di mio padre per i quindici anni seguenti, finché finalmente si riunì a lui dopo la sua morte di polmonite.

Quindi è una gioia per me lasciarti questo anello nuziale che una volta apparteneva a mia madre, tua nonna, Madeleine-Julie Salvan Hesham, marchesa di Alston. È un simbolo del grande amore dei miei genitori e del loro attaccamento, nonostante tutto e tutti. Ora lo passo a te perché lo doni alla tua sposa come simbolo d'amore e di dedizione reciproci. So che lei lo porterà con orgoglio e lo terrà caro al suo cuore come faceva mia madre.

Ti regalerò un ultimo segreto, una cosa che forse ora già sai, e che quindi non è affatto un segreto, perché come potrebbe esserlo con questa lettera? La tua *maman* l'ha sempre saputo, come tuo fratello, che ci crede veramente, anche se pensa sia dovuto all'influsso di *maman*. Credo che ne abbia ricevuto una dose da entrambi. Io sono altrettanto sentimentale ed emotivo, e credo fermamente nel fato, come la tua carissima *maman*. E spero, no, ne sono sicuro, che ci creda anche tu.

Sposala, Henri-Antoine. Con l'amore della tua vita al tuo fianco potrai arrivare ovunque deciderai. Vivrai una vita straordinaria, piena di felicità e meraviglia e soddisfazione. Ma la cosa più importante è che sarà una vita piena d'amore.

Portala a conoscermi. Non vedo l'ora che me la presenti.

Ti voglio bene, con tutto il mio cuore, mio carissimo figlio e ti auguro una vita piena di gioia.

Il tuo carissimo papà,
R

Il Figlio del Satiro
Lettera 9

[*Sir John Cavendish alla signorina Theodora Cavendish. Scritta da una mano femminile sul retro, c'è una frase: consegnatami alla Gatehouse Lodge nelle prime ore del mattino dopo l'incidente al campo di cricket.*]

Carissima Theodora,

Voglio scusarmi per il mio deplorevole comportamento di ieri. Che cosa devi pensare del tuo futuro marito che si è lasciato coinvolgere in una zuffa con il suo miglior amico, e davanti a tutti? So che cosa pensano lo zio Roxton e la zia Deb. Che sono un povero, miserabile uomo che si merita di essere preso per un orecchio, tirato in un angolo e sgridato per bene. Ed è esattamente ciò che è successo. E meritavo ognuna delle parole che lo zio Roxton mi ha scagliato contro e anche se mi sono sentito malissimo, come dovevo, non avevo difesa alcuna contro la delusione di zia Deb nei miei confronti. Cercava di non piangere, ma non ci riusciva, e l'ho vista, e mi ha fatto sentire ancora peggio.

La zia Deb è la persona più vicina a una madre che abbia. Non ricordo assolutamente mia madre, solo zia Deb, che mi rimboccava le coperte, mi leggeva delle storie e calmava le mie paure, dicendomi che non c'erano mostri che aspettavano di uscire dall'armadio appena la candela fosse stata spenta. È stata lei per prima a incoraggiare il mio amore per la musica e a vedere il mio potenziale, e la prima a mostrarmi come appoggiare l'archetto alle corde del mio piccolo violino. E sai, Theodora, quando ci ripenso, mi meraviglio come lei, alla tenera età di diciassette anni, mi abbia preso sotto la sua ala e mi abbia trattato come un suo pulcino. Avrei potuto essere spedito da qualche altro lontano parente, o perfino mandato in collegio, ma no! Lei non lo accettò ed era decisa che avessi una madre e una casa. E poi sposò lo zio Roxton, quando avevo nove anni e sentii di avere sia una madre sia un padre per la prima volta nella mia vita.

Dopo di te, la zia Deb è la persona che amo di più al mondo e devo a lei tutto ciò che sono. E anche se ho passato la maggior parte della mia vita al fianco di Harry, era alla zia Deb che mi rivolgevo quando mi sentivo sotto tono e avevo bisogno di un abbraccio confortante o di una rassicurazione che tutto andava bene.

E come ho ripagato la sua gentilezza materna e le cure e l'attenzione di Roxton? Prendendo a pugni e gettando a terra Harry e disonorando me stesso! Ecco come. Non mi sono mai sentito più stupido o più un ingrato somaro. Ho deluso lei, lo zio Roxton, la mia famiglia, te, mia carissima, e Harry. Che Dio mi aiuti. Com'è possibile che abbia finito per prendere a pugni il mio miglior amico, così forte da provocargli un attacco? E più di tutto mi detesto per aver agito in quel modo davanti a te, e quasi alla vigilia del matrimonio. E io che pensavo che tutto stesse andando a meraviglia.

Ripensandoci mentre sono qui, praticamente legato alla sedia di zio Roxton, alla sua scrivania, per scrivere questa manciata di lettere di scuse a tutti quelli che contano, ho fatto una sconvolgente scoperta. Sai, penso di averti amato fin dalla prima volta che ci siamo incontrati, quando avevi dieci anni. Non in quel modo, stupidina. Non allora. Prima ti ho amato come cugina, poi come amica. Ricordo di aver pensato che tu fossi la ragazza più coraggiosa, in effetti la *persona* più coraggiosa che avessi mai conosciuto. A parte Harry, che deve affrontare quotidianamente la sua malattia, e quello in sé è già coraggio, vero?, tu che ti arrampicavi sugli alberi e andavi al galoppo per tutta la campagna, impavida e tutt'una con la natura e l'animale, che te ne andavi in giro con il tuo sorriso solare e l'amore per la vita, era qualcosa che non avevo mai visto prima in una ragazza. Avevi fatto immediatamente amicizia con Nero, e lui ti adorava e non riuscivi a smettere di regalargli coccole e complimenti, ed è così che hai fatto anche con me, e la mia passione per la viola! Non hai mai detto una parola men che gentile sul mio desiderio di comporre musica, hai sempre dimostrato interesse e mi hai ascoltato mentre ne parlavo in continuazione (e suonavo in continuazione) come se io fossi il musicista più abile in tutto il regno.

Eri così diversa dalle altre ragazze che all'inizio non pensavo nemmeno a te come a una femmina. Non ridere! Sai benissimo che cosa intendo dire! E per tantissimo tempo ho pensato a te come a un'amica, anche se mi chiedevo, anche allora, se avremmo potuto star bene insieme e sposarci e finire i nostri giorni da coppia felice. E poi mi baciasti, quel giorno sotto la quercia. Fu una bella sveglia per un tipo come me, che non aveva mai baciato una ragazza, eppure tu mi baciasti. La cosa più orribile fu che mi fece di colpo capire che eri una ragazza, eccome! E poi quando mi dicesti che mi avresti sposato, invece di riderne (come fece Harry quando glielo dissi) segretamente fui lieto che la pensassi così. Da quel giorno non potei più pensare a nessun'altra con cui avrei voluto passare il resto della mia vita.

Sai che ti amo fino alla luna e ritorno, Theodora, vero? Ti amo. Ti amo. Ti amo. TI AMO!

Se non mi avessi baciato quel giorno, penso ancora che mi sarei comunque svegliato abbastanza presto perché sei la ragazza più bella, più incantevole e più completa che abbia mai conosciuto e ti amo ancora di più oggi di quanto ti amassi allora, sotto la quercia, e perfino ancora di più di quando ti chiesi di sposarmi.

So che il nostro matrimonio è ciò che desiderano tutti, e ci dicono che è l'unione perfetta tra due rami della famiglia. Tutti lo approvano, vero? Ma anche se non approvassero, e anche se non fossimo cugini, sposerei lo stesso te, e solo te.

E non lo dico solo per rientrare nelle tue grazie dopo ieri. Quindi non pensarlo, Theodora. Te lo dico dal profondo del mio cuore. Avrei voluto tenerlo per la nostra prima notte insieme come marito e moglie, ma te lo dico ora, nero su bianco, così che, quando andremo di fronte al parroco, tu sappia che lo sto facendo non per unire le nostre famiglie, ma perché sei l'unica ragazza per me, quella con cui voglio avere figli e passare il resto della vita.

So che sono un tipo distratto, con la testa tra le nuvole, preso dalla mia viola e dal fare musica e crearla, ma non dimenticare mai che anche se questa è una grossa parte della mia vita, solo tu fai sì che valga qualcosa. Scrivo la musica per te. Sarò un parlamentare per te. Sarò il miglior marito e il miglior padre per i nostri figli, e tutto perché ti amo. In verità farei di tutto per farti felice.

Puoi perdonare il mio aberrante comportamento di ieri? Non dormirò stanotte preoccupandomi che tu stimi meno di ieri l'uomo che ami. Mi odierò se penserai che non sono altro che un bruto e un attaccabrighe e uno che pensa solo a sé.

Non ti posso spiegare esattamente cos'è accaduto sul campo, solo che Harry ha detto una cosa non degna di un gentiluomo alla tua miglior amica, facendomi ribollire il sangue. Non conta che fosse arrabbiato e che lui e la signorina Crisp stessero avendo un'accesa discussione, non avrebbe mai dovuto dire ciò che ha detto, e quindi l'ho colpito, e ho sbagliato, ma non sono riuscito a farne a meno. Ripeto, non ho scuse, ma ciò che è fatto è fatto, e tutto ciò che posso fare è andare avanti e chiedere perdono a tutti.

Non vedo l'ora di sposarti, Theodora, quindi per favore, per favore, per favore perdona al tuo sir John la sua stupidità e di' che mi ami ancora quanto ti amo io e che dopodomani diventerai la mia lady Cavendish.

Sigillo questa lettera con un bacio e un mucchio di preoccupazioni che solo tu puoi cancellare.

Sempre tuo,
sir John

Il Figlio del Satiro
Lettera 10

[*Pagina del diario di Antonia, duchessa di Kinross. Un brano, non l'intera pagina di quel giorno, tradotto dal francese.*]

6 luglio 1786

Renard, oggi Henri-Antoine si è fidanzato. Avreste mai pensato, come me, che questo giorno sarebbe arrivato? Approvereste la sua scelta. Lisa è una cara ragazza e naturalmente è molto bella. Doveva esserlo (vero?) per attirare l'interesse di Henri-Antoine. Ah! Ma per catturarlo e poi trattenerlo, e far sì che lui volesse solo lei, doveva essere molto speciale. E lei lo è. È intelligente, modesta, sincera e franca. Il suo francese è ottimo. Mi ricorda un cigno, che scivola inconsapevolmente sulle acque della vita con un'innata sicurezza e grazia. Ed è anche completamente priva di finzioni. Questo, e la sua modestia sono le qualità che hanno più impressionato Julian. Era da aspettarselo, no? Anche Deb è esattamente così. E Henri-Antoine, nella sua posizione, ha bisogno di una moglie che non lo aduli assolutamente. Ma la cosa migliore di tutte è che Lisa ha una bellezza interiore, una bellezza che brilla da dentro. È una qualità rara per una donna bella, vero? È una cosa che avete sempre detto di me. E, come voi, nostro figlio non si sarebbe innamorato di lei se non fosse così. Ha anche forza di carattere e degli obiettivi, è piena di ottimismo, amorevole e ve l'ho detto che è, oh, tanto intelligente!? Sì, certo che l'ho già detto. Vedete, sono così felice che mi ripeto!

Gli inizi della vita di Lisa non sono stati buoni e, pur essendo una povera orfana, ha superato ogni aspettativa. L'ammiro anche solo per quello. Vi dico con certezza che merita veramente di assurgere al ruolo di moglie del figlio di un duca, e non di un duca qualsiasi. È degna di essere *vostra* nuora, ed è degna di *nostro* figlio.

Ama incondizionatamente Henri-Antoine ed è la sua più fiera paladina e protettrice. Sapere che adesso lui ha la sua compagna ideale mi permette di respirare più liberamente. Anche solo per quello l'amerò e onorerò sempre. Naturalmente Henri-Antoine è completamente infatuato di lei, ed è così che dev'essere e anche in questo lui assomiglia a voi. Non dubito che quando sono insieme da soli lui sia completamente se stesso, in tutti i sensi… Anche nei momenti in cui è preda della sua malattia e non ha il minimo controllo, lui accetta che lei stia al suo fianco e voi sapete che non ha accettato nessuno per così tanto tempo che disperavo che lo facesse mai. E ora Lisa è nella sua vita e io sono molto contenta. Renard, sono veramente perfetti l'uno per l'altra, e così innamorati…

Il Figlio del Satiro
Lettera II

Lettera dalla signorina Lisa Crisp, presso sua grazia il nobilissimo duca di Roxton, Treat via Alston, Hampshire al dottor e alla signora Robert Warner, 9 Gerrard Street, Soho, Londra.

[*Questa lettera, insieme ad altra corrispondenza che riguarda la Fondazione Fournier, è stata generosamente donata all'archivio Roxton dalla signorina Wysteria Warner, figlia minore dell'unico figlio del dottor e della signora Robert Warner, il distinto chirurgo e amministratore della Fondazione Fournier, il dottor George de Crespigny Warner. Scritta in inchiostro sul retro c'è la frase: consegnata dal corriere personale di sua grazia; una risposta è stata inviata dal dottor Warner entro l'ora.*]

Presso sua grazia il nobilissimo duca di Roxton, Treat via Alston,
Hampshire
Luglio 1786

Carissimi dottor Warner e cugina Minette,

Vi scrivo da Treat per farvi sapere che non tornerò a Gerrard Street.

So che sarà un'enorme sorpresa per voi. Ma vi assicuro che non mi è successo niente di male. In effetti ho la notizia più meravigliosa da darvi e spero che sarete felici per me e per le mie nuove condizioni, perché è veramente ciò che desidero, in effetti è ciò che entrambi noi desideriamo ardentemente.

Lord Henri-Antoine Hesham mi ha chiesto di diventare sua moglie e io ho accettato, e ci sposeremo alla fine della settimana.

Siamo innamorati e anche se il corteggiamento è stato breve, la famiglia di sua signoria ha accettato la nostra unione, cosa per cui sono umilmente grata. Rende entrambi molto felici che la famiglia di lord Henri-Antoine, e in particolar modo sua madre, sua grazia la duchessa, che è la suocera più gentile e più amorevole che avrei mai potuto desiderare, e suo fratello e sua cognata, le loro grazie il duca e la duchessa, mi abbia accolto a braccia e cuore aperti.

Desidero inoltre informarvi che sua signoria, per rispettare la procedura, ha scritto a zio de Crespigny, che è il mio tutore legale, per chiedergli il consenso al nostro matrimonio. Insieme alla sua lettera ce n'è una del duca. Entrambe le missive sono state inviate tramite un corriere in livrea, e il servitore dovrà aspettare un'immediata risposta scritta di conferma da parte di mio zio in modo che i preparativi per il matrimonio possano continuare spediti. Il dottor Moore, l'arcivescovo di Canterbury, ha già preparato la nostra licenza speciale, e il matrimonio ha quindi la benedizione della Chiesa. Il consenso di mio zio, così mi assicurano il mio futuro marito e il mio futuro cognato, è perciò una pura formalità, e tutti crediamo che sarà prontamente e volentieri concesso.

Il matrimonio sarà un evento intimo, con la sola famiglia presente e avrà luogo nella cappella della famiglia Roxton. La mia carissima amica, di cui sono stata la damigella d'onore e che è ora lady Cavendish, sarà ora la mia e il suo novello sposo, sir John, che è il miglior amico di sua signoria, sarà il suo testimone. Si è risolto tutto piuttosto bene e con nostra mutua soddisfazione. So che non vi dispiacerà affatto che non abbia fatto io degli inviti, perché come avreste potuto lasciare il vostro importante lavoro, mio caro dottor Warner, per viaggiare fino a qui e partecipare a quella che sarà un'occasione di poco rilievo. E dato che mia zia e mio zio sono appena tornati da Parigi, sospetto che ne abbiano avuto abbastanza di viaggiare per ora. E inoltre veramente non c'è abbastanza tempo per prepararsi per un evento con un preavviso così breve.

Intendo scrivere a mia zia e mio zio per informarli delle novità, anche se sarà una pura formalità, dato che la mia lettera arriverà dopo la richiesta di consenso da parte di sua signoria. Almeno la mia lettera non sarà un colpo per loro, come questa dev'essere per voi.

Spero veramente che col tempo accetterete il mio straordinario cambio di condizioni e assicuro entrambi che mi sono innamorata e sto per sposare l'uomo più amorevole, gentile e generoso, che casualmente è il figlio di un duca e fratello di un altro.

Essere la moglie di un uomo dal carattere buono e onorevole sarà un grande onore. La mia ascesa nella società, per stare al fianco di sua signoria, non cambierà minimamente il mio carattere, ve lo assicuro.

Spero che mi permetterete di venire a porgere i miei omaggi quando verremo in città, alla fine di settembre, e ci saremo insediati al nostro indirizzo di Park Street.

Per favore, date al piccolo George un bacio da parte mia. Mi mancheranno le mie visite alla nursery.

Nell'attesa di essere nuovamente in vostra compagnia in un futuro non lontano.

la vostra devota cugina,
Lisa

Che sarà presto conosciuta con il suo nome da sposata di lady Henri-Antoine Hesham

Il Figlio del Satiro
Lettera 12

[*Pagina del diario di lord Henri-Antoine. Tradotta dal francese.*]

11 luglio 1786

Carissimo papà. Domani sposerò la donna a cui ho dato il mio cuore e la mia anima. Non ho mai provato tanta felicità e ottimismo per il futuro e questi sentimenti sono tutti grazie a lei. Lisa mi ama senza riserve e me l'ha detto molte volte. Non che abbia bisogno delle sue rassicurazioni, perché le credo. Ma a lei piace dirmelo e a me piace sentirglielo dire. Il suo amore ha tolto un peso che mi premeva sul cuore da troppo tempo, da quando voi ci avete lasciato, in effetti. Perché anche se avrò sempre l'amore incondizionato di *maman*, era a voi che mi rivolgevo per essere confortato ed eravate voi la persona che mi capiva meglio. Senza di voi sono stato alla deriva nel mare di cui parlavate, e per troppo tempo. Ma ora, con Lisa, ho trovato un porto sicuro, nel quale posso veramente essere me stesso; è un porto dove desidero rimanere senza lasciarlo mai.

Voi sapevate, e me l'avete detto, come mi sarei sentito in ogni particolare quando mi sarei innamorato, perché è ciò che sentivate voi per *maman* quando vi siete innamorato di lei e l'avete sposata.

E, da ragazzo, mi chiedevo come facessero i miei genitori a passare tanto tempo insieme senza dire una sola parola, eppure sembrando così felici e contenti. Mente giacevo sulla *dormeuse*, a riprendermi, vi osservavo alla vostra scrivania, con *maman* nella sua poltrona preferita, o accanto a me sulla *dormeuse*. Di tanto in tanto alzavate gli occhi dalle vostre carte e guardavate *maman* che stava leggendo, o quando leggeva a me ad alta voce, e vedevo la vostra bocca curvarsi spontaneamente nel sorriso che riservavate solo a lei. Mi chiedevo se vi rendevate conto che lo stavate facendo. Non credo abbiate mai saputo che vi stavo osservando. Forse sì, e non vi importava. A quel tempo, mi chiedevo sorpreso che cosa avesse letto o detto per farvi sorridere. Ma non era divertimento, vero? Era il sorriso che accompagna la sensazione di completa felicità e amore, il sorriso che indica che lì c'è la donna che amate più di tutto al mondo e che vi ama alla stessa maniera, e che siete insieme e quasi non riuscite a crederlo. Ora mi trovo ad avere esattamente gli stessi pensieri e la stessa reazione quando sono con Lisa. Non importa se siamo in una grande riunione di famiglia o noi due da soli. E lei, come *maman*, mi restituisce il sorriso consapevolmente, e spesso il sorriso è solo nei suoi occhi, ma io lo vedo e il mio cuore manca un battito e la mia gola si secca per l'emozione, sapendo che mi ama davvero e che sa che io amo lei, eppure non ci siamo scambiati nemmeno una parola. Non è una sensazione meravigliosa?

Verremo a trovarvi domani, dopo il ricevimento nuziale. Lisa vuole lasciare il suo bouquet nuziale ai vostri piedi e io vi dirò tutto sul nostro viaggio di nozze, perché la porterò all'estero.

Bonsoir, mon cher père.

Il Figlio del Satiro
Lettera 13

[*Pagina del diario di Antonia, duchessa di Kinross. Tradotta dal francese.*]

12 luglio 1786

Renard, oggi il nostro ragazzino si è sposato. Sono così felice per lui, e per loro! So che sareste altrettanto felice e tanto, tanto orgoglioso di vostro figlio.

Il matrimonio è stato un piccolo evento in famiglia, tenuto nella cappella. Henri-Antoine era molto bello e serio. Probabilmente era altrettanto nervoso di voi il giorno delle nostre nozze. Anche se non penso che uno sposo sia mai stato nervoso come eravate voi quel giorno! Naturalmente Lisa era una bella sposa e quando Henri-Antoine l'ha vista si è rilassato abbastanza da sorridere. Renard, vi dico, non ho mai visto nostro figlio sorridere tanto e per un'intera giornata. Non sarebbe riuscito a togliersi il sorriso dalla faccia se anche avesse tentato. Ma non credo che lo volesse. È così felice. Sono così felici. La loro felicità mi ha fatto venire le lacrime agli occhi e non solo a me.

Jack e Teddy hanno rimandato il loro viaggio di nozze in modo che Jack potesse essere il testimone di Henri-Antoine e Teddy la damigella d'onore di Lisa (com'era stata lei per Teddy poco più di una settimana fa). Due amici hanno sposato due amiche e non avrebbe potuto esserci risultato migliore nemmeno a farlo apposta. Tutti e quattro i giovani sono contentissimi di questo risultato e io predìco che entrambe le coppie godranno una vita di intimità senza paragoni. Anche per questo siamo tutti felicissimi in famiglia.

Jonathon ha accompagnato Lisa all'altare e si è sentito onorato che glielo abbia chiesto. Ha percorso la navata pavoneggiandosi con lei al suo braccio come se fosse veramente sua figlia. Elsie era eccitata di essere la ragazza dei fiori ed è rimasta incollata al suo fianco per la maggior parte del ricevimento nuziale, che è stato una meraviglia. Erano presenti Julian e Deb e i ragazzi, Mary e Christopher con i loro tre piccolini, il cugino Charles, che, onorato di partecipare al matrimonio di Henri-Antoine ha rimandato il suo ritorno in Francia, e Kate Paget. E, ovviamente, erano presenti i membri di rango della servitù di Henri-Antoine, nei loro abiti migliori.

Michel Gallet ha avuto l'alto onore di stare al fianco di Henri-Antoine insieme a Jack, Charles e Frederick, e vostro nipote era tutto impettito e orgoglioso di essere stato favorito in quel modo da suo zio.

Gli otto ragazzi, in livrea, hanno formato una guardia d'onore e quando i novelli sposi sono passati in mezzo a loro mentre uscivano dalla cappella, quei marcantoni hanno gridato tre volte urrà.

È stata una completa sorpresa per Henri-Antoine e Lisa, che sono trasaliti e poi si sono abbracciati ridendo prima di voltarsi e applaudire i ragazzi, che a loro volta si sono inchinati con grande cortesia. Hanno sorriso tutti e i ragazzini hanno gridato urrà a loro volta. Ci siamo seduti tutti per il banchetto nella sala da pranzo della famiglia, e Julian ha fatto un bel discorso dando calorosamente il benvenuto in famiglia a Lisa, cosa che suo fratello ha fortemente apprezzato.

Domani Jack e Teddy partiranno per Bath per cominciare la loro luna di miele, mentre Henri-Antoine e Lisa resteranno a Treat per qualche settimana, mentre programmano il loro viaggio. Andranno all'estero e vogliono arrivare fino a Costantinopoli. Henri-Antoine spera di stare nella casa dove avevamo soggiornato tanti anni fa, quando era un ragazzino. Lungo la strada, visiteranno svariati studi medici e si consulteranno con vari medici per il lavoro della Fondazione Fournier.

Sperano anche di procurarsi dei medicinali dai medici ottomani, per aiutare ad alleviare i sintomi di Henri-Antoine, se non i suoi attacchi. Ricordate che quando ci consultammo con quegli uomini sapienti ci consigliarono, dato che a quel tempo era solo un ragazzino, di aspettare finché fosse stato più grande e di essere certi che i suoi attacchi non sparissero prima di dargli ciò che prescrivono loro per il mal caduco.

Anche se mi mancheranno molto, un viaggio simile sarà un momento meraviglioso per entrambi, e darà loro una vita di ricordi.

E visto il loro comune interesse per l'avanzamento della scienza medica, Henri-Antoine, come regalo di nozze, ha nominato Lisa patronessa della sua fondazione. Lord e Lady Henri-Antoine Hesham saranno insieme i patrocinatori, a capo del consiglio di fiduciari della Fondazione Fournier e lei avrà i suoi stessi poteri per tutte le decisioni riguardanti il funzionamento della fondazione e la distribuzione delle sue sovvenzioni. Henri-Antoine ha fatto preparare una specie di contratto al riguardo e intende scrivere e informare gli altri amministratori su come funzionerà la fondazione da ora in poi, adesso che è sposato e che sua moglie condivide il suo impegno. Lisa è entusiasta di questo regalo. È come se nostro figlio l'avesse ricoperta di diamanti e perle, e le avesse regalato un castello tutto suo. Ovviamente potrebbe fare tutte queste cose, ma lei vede questa comunione di intenti come il dono più prezioso che avrebbe mai potuto farle e per questo io le voglio ancor più bene. Rende entrambi molto felici avere una passione e interessi che condividono. Non vi avevo detto che sono perfetti l'uno per l'altra?

Porterò Germanicus e Livia con me domani, quando verrò a trovarvi, perché non credo che li abbiate visti da quando Livia era un cucciolo. *Jusq'à demain, mon amour.*

A

xo

Il Figlio del Satiro

Lettera 14

Lady Henri-Antoine Hesham, Treat via Alston, Hampshire, alla signora Harold Humphreys, Merceria Humphreys, angolo tra Gerrard e Princes Street, Soho, Londra.

1 agosto 1786

Cara signora Humphreys,

Vi scrivo per offrire a vostra nipote Betsy Bannister un posto nella la mia servitù come capo guardarobiera e sarta. Riceverà una sostanziosa remunerazione mensile e un appannaggio annuale per i vestiti e avrà la sua stanza. E mentre avrà la responsabilità dei miei vestiti e del mio spogliatoio e sovraintenderà il lavoro di un'aiuto-sarta, lei sarà agli ordini della mia cameriera personale. Questa posizione non è ancora stata occupata, ma lo sarà presto, da una donna con le giuste qualifiche ed esperienza. I colloqui avranno luogo all'inizio della settimana prossima. Se Betsy dovesse arrivare prima che sia stata presa una decisione riguardo la mia cameriera personale, lei ricadrà sotto la supervisione del major domo, *Monsieur* Gallet.

Il posto che offro a Betsy richiede che lei, come tutti i servitori di alto rango, viaggi tra la nostra residenza di città a Park Street, Westminster, l'appartamento a Treat, qui nello Hampshire e la casa di sua signoria vicino a Bath. Come potete capire, tutte e tre le residenze hanno dei guardaroba da curare e abiti e altri accessori che dovranno essere trasportati avanti e indietro tra le residenze. E questi dovranno essere contabilizzati e curati e ricadranno sotto la custodia di Betsy.

L'aspetto più impegnativo di questo lavoro potrebbe essere proprio all'inizio perché sua signoria mi porterà in viaggio di nozze a Costantinopoli. Voglio che Betsy faccia parte del nostro *entourage*. Staremo all'estero per un periodo che si aggirerà tra nove mesi e un anno. Mentre saremo via, lei, come tutti gli altri nostri servitori, da venti a trenta individui, ricadrà sotto la giurisdizione del major domo di sua signoria.

Mi rendo conto che è molto da assimilare per voi e Betsy e con un preavviso così breve. In effetti gradirei la vostra risposta e quella di Betsy entro una settimana, in modo che il signor Gallet possa completare i programmi per il viaggio. E se Betsy accetterà quest'offerta, come sinceramente spero, mi rendo conto che voi ne sentirete la mancanza, e la mancanza del suo aiuto nel negozio e con i vari clienti che Betsy visita a casa loro. Sono quindi pronta a offrirvi una compensazione per l'assenza di vostra nipote, e pagarvi, in un'unica soluzione e immediatamente, metà del salario annuale di Betsy in modo che possiate trovare un rimpiazzo per lei appena possibile.

Vi assicuro che se in qualunque momento Betsy dovesse decidere che non può restare lontana da Londra e da voi e dovesse mancarle l'Inghilterra, sarà mandata a casa a nostre spese, perché non voglio che sia infelice. E ovviamente le fornirò delle referenze. Non sarete tenuta a restituire nulla del denaro pagato nel caso in cui Betsy desiderasse tornare a casa.

Potete per favore discutere di tutto questo con Betsy e rispondere a stretto giro di posta?

Sua signoria si occuperà di pagare il corriere quando arriverà per accelerare la vostra risposta. Quando riceverò la risposta di Betsy, se sarà affermativa, mi occuperò di farvi avere immediatamente il compenso e la carrozza di sua signoria verrà a prendere Betsy e tutto ciò che vorrà portare con sé.

Spero che entrambe riterrete che sia un'opportunità che merita di essere colta.

Sinceramente,
Lady Henri-Antoine Hesham

Il Figlio del Satiro
Lettera 15

Lady Henri-Antoine Hesham, Casa Bianca sulla Terza Collina, Costantinopoli, a sua grazia la nobilissima duchessa di Kinross, Castello di Leven via Kinross, Fife, Scozia.

[*Tradotta dal francese.*]

Casa Bianca sulla Terza Collina, Costantinopoli
12 agosto 1787

Cara *Maman-Duchesse*,

Spero che questa lettera trovi voi, papa-Kinross ed Elsie in buona salute.

Prima di scrivere altro, io, noi, desideriamo ringraziarvi dal profondo dei nostri cuori per il regalo veramente speciale e toccante che ci avete mandato per celebrare il primo anniversario del nostro matrimonio. Non riesco quasi a credere che siano passati tredici mesi oggi dal giorno in cui la mia vita è cambiata per sempre. I mesi sono passati troppo in fretta, ma ciascuno è stato più magico di quello precedente e sapete dalle nostre lettere quanto siamo felici.

Il vostro regalo è arrivato due giorni fa ed è stato in effetti una meravigliosa sorpresa! Nessuno di noi aveva idea di che cosa potesse essere, anche se Henri-Antoine l'ha capito immediatamente dopo aver tolto la scatola di legno dall'imballo e dal suo involucro. Ha messo la scatola sul tavolino davanti a noi ed è un bene che fossimo seduti sui cuscini e a soli pochi centimetri da terra perché ha barcollato e si è afferrato al bordo del tavolo. Potete immaginare come abbia subito pensato che non stesse bene, ma mi ha assicurato che non era così. Prima di aprire il coperchio, ha passato dolcemente le dita sulla superficie lucida della scatola, come l'ho visto fare per calmare un cane spaventato o per accarezzare un gatto, come se l'oggetto fosse vivo e fosse un cucciolo amatissimo. E quando l'ha aperto lentamente mettendo in mostra l'interno intarsiato e le pedine e i bussolotti dei dadi, aveva le lacrime agli occhi. Era così commosso che io sono rimasta in silenzio, eppure non vedevo l'ora che mi parlasse del significato di questa scatola da gioco, e in particolare del suo significato per lui.

Quando mi ha raccontato che era la tavola da backgammon sulla quale voi e suo padre avevate giocato ogni giorno durante la vostra vita matrimoniale, anch'io mi sono commossa, restando senza parole. Mi ha detto con la voce tremante che vi guardava giocare dalla *dormeuse*, e come spesso si sentisse un intruso perché quando giocavate a backgammon dimenticavate tutti gli altri ed era come se foste da soli nella biblioteca. Ma mi ha anche detto che eravate stata voi a insegnargli a giocare. E ha ricordato il giorno in cui vinse la prima partita con suo padre e lo sguardo incredulo di suo padre per il fatto che il figlio di otto anni lo avesse battuto al suo stesso gioco. Quel ricordo ha fatto sogghignare Henri-Antoine. Anche se lui stesso era incredulo che vi foste separata da questo oggetto così prezioso e amato.

Ma capisco perché lo avete fatto, e voi sapete, vero?, *Maman-Duchesse*, che lo apprezzeremo come voi e ne avremo sempre cura. Henri-Antoine vi ha già scritto per ringraziarvi e senza dubbio vi avrà detto che sono un'assoluta principiante in questo gioco. Anche se sono sicura che voi lo sapevate già. Abbiamo deciso che onoreremo il vostro dono giocando tutte le sere, mentre beviamo il nostro caffè turco. Sono ansiosa di imparare e Henri-Antoine sta già dimostrandosi un insegnante paziente, anche se severo. Ho in programma di migliorare il mio gioco in modo che resti un bel po' sorpreso (e senza dubbio penserà che sia dovuto alla sua eccellente abilità di insegnante). Quando visita i caffè (che, come sapete, sono interdetti alle donne) per fumare una *hookah* e giocare a backgammon con gli uomini del posto, intendo fare partica del gioco con Michel che, come si è lasciato sfuggire Henri-Antoine, è un avversario più che tollerabile. In questo modo spero di emulare la sua impresa di quando aveva otto anni, e batterlo al suo stesso gioco… un giorno!

Per favore, ringraziate Elsie per la sua ultima lettera con i meravigliosi acquerelli della sua gattina Blanche e del *loch* e dei bei fiori viola. Li ho messi insieme alle sue lettere in un libro rilegato in modo speciale che tengo nel mio *boudoir* e che le mostrerò quando torneremo. Le scriverò direttamente, certo, ma invierò quella lettera a Crecy, in modo che sia lì ad aspettarla quando arriverete alla fine del mese.

Ricordate che nella mia precedente lettera vi avevo detto che stavo cercando una compagna per le sue bambole? Bene, finalmente l'ho trovata! *Mademoiselle* Yvette e la signorina Simonetta avranno una nuova amica. Si chiava Sevil, che significa 'da amare' in turco. E so che sarà amata. Sevil ha le stesse dimensioni delle altre compagne di Elsie e ha la pelle color avorio, capelli scuri, occhi scuri e una bocca come un bocciolo di rosa. È vestita nel costume di una donna dell'harem di un sultano, con pantaloni, una lunga giacca e ha un turbante in cima ai capelli, tutto fatto di sete lucenti. I capelli sono sciolti e così folti che si possono sistemare in tantissimi stili. Ho chiesto a Betsy di confezionare per Sevil una mezza dozzina di completi simili, con sete differenti, e anche di farle parecchie paia di scarpine coordinate. Al mercato, abbiamo trovato dei piccoli braccialetti d'argento per i suoi polsi e le sue caviglie. E ho incaricato un falegname di preparare per lei una speciale scatola, foderata di velluto, e un piccolo armadio per i suoi indumenti e gli accessori. Ha anche un meraviglioso strumento a corde in miniatura, che si chiama Tanbūr (ne abbiamo una versione per adulti da regalare a Jack) che si può accordare e suonare se una persona è abbastanza abile da pizzicare le corde delicate. Non vedo l'ora che Elsie e le sue compagne incontrino Sevil. Henri-Antoine dice, e ha ragione, che sono eccitata come se la bambola fosse mia, e in effetti ho provato un grande piacere nel far vestire Sevil e nell'ordinare la realizzazione dei suoi accessori.

Ho fatto imballare e spedire il secondo lotto di sete e fili che avete richiesto, e Henri-Antoine ha visitato due volte il magazzino di tappeti per controllare da sé i progressi. E dato che l'ordine è così grande, è stato accolto dai tessitori come se il sultano stesso fosse andato a trovarli e come potete immaginare lui non li ha delusi, recitando la sua parte, come hanno fatto anche i ragazzi. Ho trovato un servizio da caffè turco e tutti i suoi pezzi come quello che Henri-Antoine ricorda che usavate, con lui che beveva dalle piccole tazze mentre stavate qui. Dice che è simile al servizio da viaggio che sua grazia ha a Treat. Spero che piacerà a voi e a papa-Kinross. A me è piaciuto tanto che ne ho comprati quattro. Uno per voi, uno per Jack e Teddy, uno per la casa di Park Street e uno per la casa di Bath. Henri-Antoine intende arredare alla maniera ottomana una stanza in entrambe le case e ha ordinato tutto quello che serve per replicare la nostra stanza di soggiorno qui, per entrambe le case, dai cuscini di seta alle tende, alla tappezzeria, ai tappeti (capite perché i tessitori lo venerano!), agli sgabelli bassi, ai sofà e perfino due narghilè. Mi dicono che un narghilè è uguale, con un nome diverso, alla *hookah* che papa-Kinross ha riportato con sé dal subcontinente. Henri-Antoine insiste che papa-Kinross ne abbia uno da usare a Leven.

Il mio caro marito mi dice che ha conosciuto il piacere di fumare la pipa ad acqua grazie a sua grazia, quando era un adolescente, anche se forse non è qualcosa che lui desiderava che scopriste, quindi, per favore, non prendetevela con papa-Kinross, *Maman-Duchesse*. Ma l'abilità con l'uso della pipa ad acqua di Henri-Antoine è tornata utile qui. I medici che abbiamo consultato gli hanno fornito uno speciale tabacco a base d'erbe, un sostituto del solito tabacco usato nella pipa ad acqua, che ci assicurano potrà alleviare i sintomi, se non fermare lo scatenarsi di un attacco.

E a questo riguardo, ha avuto un attacco molto severo due settimane fa, che io credo sia stato causato dal fatto che non si era ripreso completamente dall'attacco della settimana precedente. E tutto perché aveva insistito per accompagnarmi al mercato dei tessuti nel calore del giorno. Io avevo già programmato che mi accompagnassero la mia cameriera Niven e Betsy e, come sapete, non esco mai dal complesso senza due dei ragazzi come scorta. Sono andata da sola in questo modo nei diversi mercati, in più occasioni, ma Henri-Antoine era deciso e non ha voluto sentire ragioni e mi ha accompagnato. Sapevo che la sua testardaggine non era dovuta solo al fatto che non si sentisse ancora bene, ma perché era diventato motivo di orgoglio maschile per lui farmi da scorta. E tutto perché sir Jonas Wetherby (vi ho parlato dello studioso di lingue orientali presso l'ambasciata in una precedente lettera) aveva osato fare un commento avventato ad Henri-Antoine, all'Occidental Club, e davanti agli altri, dopo aver bevuto troppo. Sir Jonas aveva osato suggerire che sua signoria fosse troppo imprudente nel permettere a una simile bellezza (me) di girare per le strade di Costantinopoli senza la protezione di suo marito. E che se anche avevo con me la mia cameriera e i servitori in livrea, questi non potevano sostituire il braccio di suo marito per una giovane sposa. Che un marito era il migliore e l'unico segnale per la gente del luogo che lì c'era una donna che non solo godeva di tutti i riguardi, apparteneva al più alto rango nella sua società, ma che doveva essere trattata con il massimo rispetto e non doveva essere importunata dagli uomini del posto.

Non so che cosa abbia fatto infuriare di più Henri-Antoine. Ricevere una predica sulla sua mancanza di maniere di gentiluomo, la sua apparente trascuratezza come marito, o che sir Jonas avesse avuto l'impertinenza di suggerire che gli uomini del posto potessero perfino osare 'importunare' la moglie di sua signoria.

Un po' di tutte e tre le ragioni, penso. Non conta che sir Jonas sia un uomo piuttosto stupido, nonostante la sua abilità di traduttore. Potrà anche essere bravo nel suo lavoro, ma devono mancargli le basilari capacità di comprensione perché chiunque con un minimo di intelligenza non avrebbe osato fare un commento così avventato a una persona socialmente superiore a lui, e mai a un neo-sposo, e sicuramente non a sua signoria.

Non so che cosa gli abbia detto Henri-Antoine in risposta, solo che il bruciore delle parole di sir Jonas lo ha tirato fuori dal letto prima di quanto avrebbe dovuto. Una giornata passata a godere delle acque fresche della nostra piscina e l'uso del narghilè gli avrebbero fatto un gran bene. Ma mi sono resa conto in fretta che non serviva dargli questo suggerimento quando il suo orgoglio maschile era stato ferito. E quindi è venuto con me. Per farla breve, questo secondo attacco è stato molto più severo, e ha costretto i ragazzi a portarlo via in fretta in un vicolo buio e lì siamo rimasti finché è passato ed è arrivata la sua portantina per portarlo a casa. È stato rimesso a letto dove è rimasto per quattro giorni.

È il peggior attacco dal nostro soggiorno a Padova. E pur provando compassione per la sua sofferenza, gli ho detto che se lo meritava per non essere rimasto a letto finché non si fosse completamente ripreso, ho anche dichiarato che mi sarei rifiutata di lasciare nuovamente il complesso, per nessun motivo, eccetto l'invasione da parte dei russi, se non poteva assicurarmi che avrebbe riposato finché fosse stato completamente bene. E se non mi capiva, forse avrei dovuto chiamare sir Jonas per tradurre le mie parole in una lingua che non solo capisse, ma che fosse abbastanza semplice perché lui potesse intenderla. Il mio caro marito mi ha informato a quel punto che aveva già ordinato ai servitori di bandire sir Jonas dalla nostra casa, e che quindi non avrebbe dovuto sopportare di nuovo quello sciocco. Ha borbottato ancora un po' e poi si è scusato. L'espressione di finta contrizione che accompagnava la sua dichiarazione (anche se penso che fosse veramente dispiaciuto) era tale che sono scoppiata a ridere. Lui ha sorriso di rimando e tutto è stato perdonato, anche se si è rifiutato di perdonare sir Jonas. Al che ho detto che era ragionevole e ci siamo baciati e abbiamo fatto pace. *Maman-Duchesse*, questo è l'unico disaccordo che abbiamo avuto nel nostro primo anno di matrimonio.

Quanto alla possibile invasione da parte dei russi, so che la situazione in Crimea è stata descritta nei giornali inglesi, e che dovete essere preoccupata che questa guerra tra i turchi e i russi arrivi fin qui a Costantinopoli. Henri-Antoine dice che nei caffè non si parla d'altro che della guerra e che succederà presto, perché il sultano non può permettere a Caterina di prendere ciò che non le appartiene. Questo stato di cose, con la minaccia di guerra imminente e tutto ciò che comporta per una nazione che deve affrontare un'invasione, significa che abbiamo già fatto i piani per partire e tornare a casa il più presto possibile. Tutti i nostri beni non necessari per la vita quotidiana sono stati imballati e, insieme alla portantina e alle carrozze, sono già al porto, pronti per essere caricati sulla nave. Partiremo tra una settimana, a vele spiegate, per tornare in Inghilterra a tutta velocità. Non è solo la guerra imminente che ci spinge, ma il fatto che siamo rimasti lontano abbastanza e la meravigliosa e tanto attesa notizia di Teddy.

Siamo entrambi così entusiasti ed eccitati che Teddy e Jack diventino finalmente genitori. Aspettavamo questa notizia già da qualche mese e speravamo con tutto il cuore che sarebbe arrivata presto. So che Teddy era contenta di non essere rimasta incinta quasi subito ma, con il passare dei mesi, nelle sue lettere si era insinuata una briciola di apprensione e cominciava a chiedersi perché non fosse già successo. E appena ricevuta la sua lettera con la quale esprimeva la sua inquietudine, un'altra è arrivata praticamente il giorno dopo, con la notizia della sua gravidanza e che il bambino nascerà all'inizio del nuovo anno, più o meno quando la sua sorellina compirà due anni, e sarà una doppia festa per entrambe le famiglie. Non vediamo l'ora di essere a casa per la nascita e di assumere il ruolo di amorevoli padrini.

E questo mi porta a rispondere alla domanda che mi avete fatto nella lettera precedente a questa, riguardo alla mia salute. Naturalmente Henri-Antoine è perfettamente al corrente, ma voi siete la sola a cui lo confiderò. Forse un giorno potrò dirlo a Teddy, ma al momento lei si deve concentrare sulla sua salute e sul suo bambino.

Mi sono permessa di sottopormi a un esame fisico, da una delle più erudite e rispettate levatrici di questa città. Ha fatto nascere più bambini lei di qualunque medico maschio. La mia interprete mi ha assicurato che perfino le donne dell'harem del sultano affidano a lei le loro vite e la loro fertilità. Non avrei mai permesso a un uomo, per quanto sapiente, di esaminarmi in un modo così intimo, ma mi sono sentita eccezionalmente a mio agio in sua presenza e con le sue maniere. E anche se so che Henri-Antoine non è affatto preoccupato davanti alla prospettiva che restiamo senza figli e lo dice con una tale sicurezza che gli credo, dice anche, e so che voi la prenderete nel modo giusto, che la mia sterilità è una benedizione sotto mentite spoglie, perché non desidera mettere al mondo un figlio che soffra della sua stessa malattia. E mentirei se dicessi che non sono d'accordo con lui. Eppure ci sono dei momenti, non tanti, quando permetto alla mia ragione di venir meno e sogno di avere una possibilità. Quindi, con questo in mente, e per la mia pace mentale, ho permesso a questa levatrice di esaminarmi.

Il risultato non è stato quello che mi aspettavo. L'esame in sé è stato più che altro un affronto alla mia dignità e una volta finito, la donna stava sorridendo, quindi l'ho preso come un buon segno. Attraverso l'interprete, mi ha detto che ero proprio una donna, il che mi ha fatto pensare che qualcosa si fosse perso nella traduzione perché come potevo essere qualcosa di diverso, finché mi è stato spiegato (e voi forse lo sapevate, ma io certamente no) che ci sono donne in questo mondo, e questo mi ha sbalordito, anche se ovviamente lo ho creduto, che possono avere l'aspetto esteriore di donne, ma che non hanno gli organi riproduttivi necessari per concepire e avere figli. Mentirei se dicessi che questo fatto non mi ha sconvolto più di tanto. Eppure, dopo l'esame, la levatrice ha potuto rassicurarmi che ho in effetti un utero. Quindi, almeno in teoria, potrei far crescere un figlio dentro di me. Ma ha anche detto che il mio utero è piccolo per una donna della mia età, anche per una donna che non ha mai avuto figli. Dice che potrebbe essere la causa della mia mancanza di mestruazioni. Ed è sua opinione che il concepimento, per me, potrebbe essere solo questione di tempo. Ha aggiunto che poiché sono giovane, ho molti anni, decenni in effetti, di speranza davanti a me.

Per essere sinceri, *Maman-Duchesse*, non vogliamo passare i prossimi decenni sperando, quindi per il momento metteremo da parte questa nuova informazione e torneremo alle nostre vite. Intendo vivere ogni giorno come ho vissuto ogni altro giorno dopo il nostro matrimonio, cioè da moglie amorevole, da compagna e aiuto per vostro figlio, che, come sapete, con la stessa sicurezza con cui sapete che il sole sorge ogni mattina, amo con ogni fibra del mio essere. E ci concentreremo sul grande compito che abbiamo davanti, quello di fare della Fondazione Fournier non solo il nostro lascito, ma anche quello di *Monseigneur* e di tutta la famiglia.

Questo vi farà ridere. La levatrice mi ha prescritto uno sciroppo medicinale alle erbe che, dice, è un aiuto per la fertilità. Non ho idea se sarà o meno utile nel modo in cui è previsto, ma Henri-Antoine insiste che almeno lo provi. Segretamente, penso che sia lieto di non essere l'unico a dover bere decotti dal sapore orribile che, con le migliori intenzioni, gli diciamo che deve sopportare, per il bene della sua salute. Quindi prendiamo la nostra medicina come bravi bambini, insieme, entrambi resistendo al desiderio di fare una smorfia, nessuno dei due vuole essere il primo a farla, e facciamo del nostro meglio per sembrare indifferenti al cattivo sapore. Nessuno dei due vuole essere il primo ad afferrare il bicchiere di succo di frutta a portata di mano per lavarci la bocca. Quindi facciamo lo sforzo di non guardarci mentre prendiamo la medicina, in special modo quando ci sono i servitori con noi. Ma se siamo soli e osiamo alzare gli occhi e i nostri sguardi si incontrano, perdiamo tutto il senso del decoro e scoppiamo a ridere, a volte talmente forte che smettiamo per un attimo di respirare. Cadiamo sui cuscini, con gli occhi pieni di lacrime. Una volta un servitore è entrato mentre eravamo in questo stato di completa stupidità e ha pensato che fossimo stati avvelenati entrambi, ha gettato in aria il vassoio che portava ed è corso fuori dalla stanza urlando. Ci ha fatto solo ridere più forte, specialmente quando Michel ci ha guardato con un misto di esasperazione e gioia, come un genitore che volesse rimproverare i suoi figli ma non ci riuscisse perché si stavano divertendo troppo. A suo beneficio, e per la sua salute mentale, abbiamo ripreso il controllo e abbiamo cercato di fare del nostro meglio per apparire contriti, anche se le lacrime dovute alle risate ci scorrevano ancora sulle guance.

Avete mai visto Henri-Antoine ridere così forte da doversi tenere i fianchi? È una gioia da vedere e un privilegio perché sapete quanto sia severo con se stesso e sempre controllato quando è in pubblico. Rideva mai suo padre quando era solo con voi, mi chiedo? Ovviamente non dovete rispondermi, *Maman-Duchesse*, perché penso che abbia almeno ridacchiato e forse riso abbastanza forte in vostra compagnia da avere le lacrime agli occhi. Pensavo vi sarebbe piaciuto saperlo di vostro figlio.

Devo andare a cena. Mangeremo sul tetto, ora che il sole è tramontato. E dato che fa così caldo, faremo una nuotata a mezzanotte nella piscina e lì rimarremo a galleggiare e a guardare il cielo pieno di stelle scintillanti. Il tempo che abbiamo passato lontano e il nostro soggiorno qui sono stati magici, ma abbiamo entrambi voglia di tornare a casa, da voi e dalla nostra famiglia, per cominciare il prossimo capitolo della nostra vita insieme.

Lisa
Lady Henri-Antoine Hesham
Scrivo il mio nome da sposata con una tale meraviglia,
orgoglio e gioia.
xo

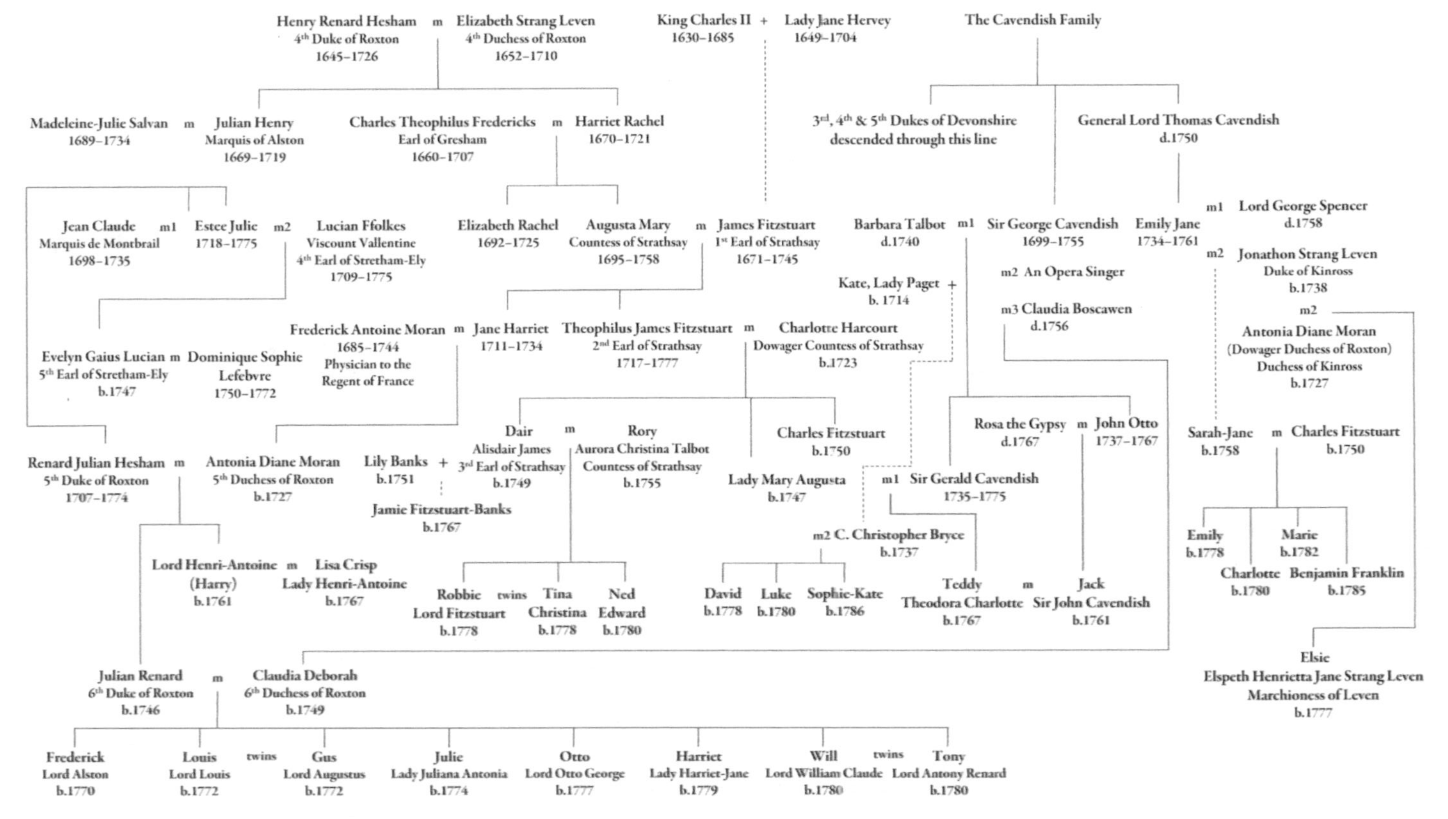
Henry Renard Hesham m Elizabeth Strang Leven
4th Duke of Roxton 1645–1726
4th Duchess of Roxton 1652–1710
King Charles II + Lady Jane Hervey
1630–1685
1649–1704
The Cavendish Family
Madeleine-Julie Salvan m Julian Henry
1689–1734
Marquis of Alston 1669–1719
Charles Theophilus Fredericks m Harriet Rachel
Earl of Gresham 1660–1707
1670–1721
3rd, 4th & 5th Dukes of Devonshire descended through this line
General Lord Thomas Cavendish d.1750
Jean Claude m1 Estee Julie m2 Lucian Ffolkes
Marquis de Montbrail 1698–1735
1718–1775
Viscount Vallentine 4th Earl of Stretham-Ely 1709–1775
Elizabeth Rachel 1692–1725
Augusta Mary m James Fitzstuart
Countess of Strathsay 1695–1758
1st Earl of Strathsay 1671–1745
Barbara Talbot m1 Sir George Cavendish
d.1740
1699–1755
m2 An Opera Singer
m3 Claudia Boscawen d.1756
Emily Jane 1734–1761
m1 Lord George Spencer d.1758
m2 Jonathon Strang Leven Duke of Kinross b.1738
m2
Antonia Diane Moran (Dowager Duchess of Roxton) Duchess of Kinross b.1727
Kate, Lady Paget + b. 1714
Frederick Antoine Moran m Jane Harriet
1685–1744 Physician to the Regent of France
1711–1734
Theophilus James Fitzstuart m Charlotte Harcourt
2nd Earl of Strathsay 1717–1777
Dowager Countess of Strathsay b.1723
Evelyn Gaius Lucian m Dominique Sophie
5th Earl of Stretham-Ely b.1747
Lefebvre 1750–1772
Dair m Rory
Alisdair James 3rd Earl of Strathsay b.1749
Aurora Christina Talbot Countess of Strathsay b.1755
Charles Fitzstuart b.1750
Lady Mary Augusta b.1747
Rosa the Gypsy m John Otto
d.1767
1737–1767
Sarah-Jane m Charles Fitzstuart
b.1758
b.1750
Renard Julian Hesham m Antonia Diane Moran
5th Duke of Roxton 1707–1774
5th Duchess of Roxton b.1727
Lily Banks + b.1751
Jamie Fitzstuart-Banks b.1767
m1 Sir Gerald Cavendish 1735–1775
m2 C. Christopher Bryce b.1737
Emily b.1778
Charlotte b.1780
Marie b.1782
Benjamin Franklin b.1785
Lord Henri-Antoine m Lisa Crisp
(Harry) b.1761
Lady Henri-Antoine b.1767
Robbie twins Tina
Lord Fitzstuart b.1778
Christina b.1778
Ned Edward b.1780
David b.1778
Luke b.1780
Sophie-Kate b.1786
Teddy m Jack
Theodora Charlotte b.1767
Sir John Cavendish b.1761
Elsie
Elspeth Henrietta Jane Strang Leven
Marchioness of Leven
b.1777
Julian Renard m Claudia Deborah
6th Duke of Roxton b.1746
6th Duchess of Roxton b.1749
Frederick Lord Alston b.1770
Louis twins Gus
Lord Louis b.1772
Lord Augustus b.1772
Julie Lady Juliana Antonia b.1774
Otto Lord Otto George b.1777
Harriet Lady Harriet-Jane b.1779
Will twins Tony
Lord William Claude b.1780
Lord Antony Renard b.1780

DIETRO LE QUINTE

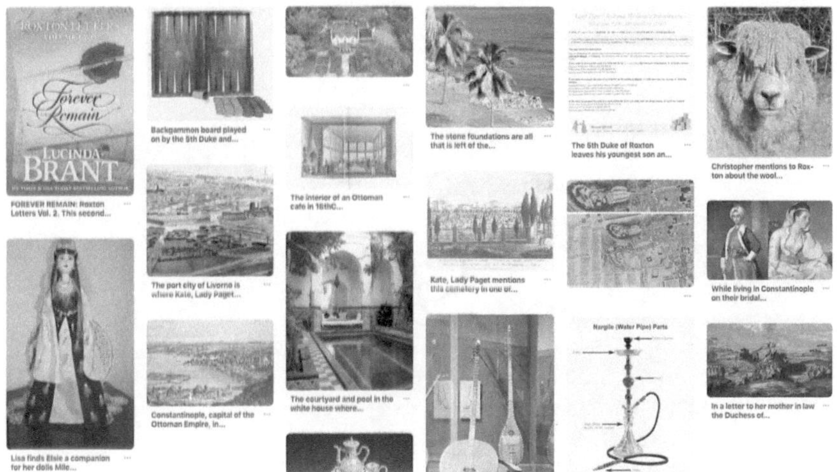

Andate dietro le quinte di *Con eterno affetto*—
esplorate i posti, gli oggetti e la storia del periodo su Pinterest.

www.pinterest.com/lucindabrant

www.ingramcontent.com/pod-product-compliance
Lightning Source LLC
Chambersburg PA
CBHW030413310726
48979CB00002B/396

* 9 7 8 1 9 2 5 6 1 4 4 3 5 *